Salman Rushdie, 1947 in Bombay geboren, studierte in Cambridge Geschichte. Mit seinem Roman *Mitternachtskinder* wurde er weltberühmt. Seine Bücher erhielten renommierte internationale Preise, er wurde u.a. als der beste aller Booker-Preisträger ausgezeichnet, 1996 wurde ihm der Aristeion-Literaturpreis der EU zuerkannt. 2007 schlug ihn die Queen zum Ritter. Zuletzt erschienen bei C. Bertelsmann seine Romane *Golden House* (2017) und *Quichotte* (2019).

»Vom ersten Moment an ist man von der Geschichte gefesselt und kann nicht mehr aufhören zu lesen. Und so soll es auch sein, denn sie kommt aus demselben Zauberland wie die Märchen aus 1001 Nacht …«

Doris Lessing (über *Harun und das Meer der Geschichten*)

Außerdem von Salman Rushdie lieferbar:

Grimus, Roman
Mitternachtskinder, Roman
Scham und Schande, Roman
Das Lächeln des Jaguars, Eine Reise durch Nicaragua
Die Satanischen Verse, Roman
Heimatländer der Phantasie, Essays und Kritiken
Osten, Westen, Kurzgeschichten
Des Mauren letzter Seufzer, Roman
Der Boden unter ihren Füßen, Roman
Wut, Roman
Überschreiten Sie diese Grenze!, Schriften 1992–2002
Shalimar der Narr, Roman
Joseph Anton. Die Autobiographie
Zwei Jahre, acht Monate und achtundzwanzig Nächte, Roman
Golden House, Roman
Quichotte, Roman
Victory City, Roman
Knife. Gedanken nach einem Mordversuch
Die elfte Stunde. Erzählungen

Salman Rushdie

Harun und das Meer der Geschichten

Roman

Aus dem Englischen von
Gisela Stege

PENGUIN VERLAG

Die Originalausgabe erschien 1990 unter dem Titel
Haroun and the Sea of Stories bei Granta Books, London.

3. Auflage

in der Verlagsgruppe Random House GmbH, München,
Neumarkter Straße 28, 81673 München
produktsicherheit@penguinrandomhouse.de
(Vorstehende Angaben sind zugleich
Pflichtinformationen nach GPSR.)

Umschlag: buerosued.de unter Verwendung eines Motivs
von Mauritius Images / IndiaPicture / Alamy
Druck und Bindung: GGP Media GmbH, Pößneck
Printed in Germany
ISBN 978-3-328-10603-6
www.penguin-verlag.de

Z embla, Zenda, Sansibar:
A uch Träume werden manchmal wahr.
F een bringen Schrecken gar.
A uch wenn ich wander' immerdar,
R uf mich und lies, schon bin ich da.

ERSTES KAPITEL

DER SCHAH VON BLA

Es war einmal im Lande Alifbay eine traurige Stadt, die traurigste von allen Städten, so todtraurig, daß sie sogar ihren Namen vergessen hatte. Sie stand an einem freudlosen Meer voller Wehmutfischen, die so elend schmeckten, daß die Menschen nach ihrem Genuß vor lauter Trübsinn Magenschmerzen bekamen, auch wenn der Himmel strahlend blau war.

Im Norden der Traurigen Stadt standen mächtige Fabriken, in denen die Traurigkeit (wie man mir sagte) produziert, verpackt und in alle Welt verschickt wurde, wo man niemals genug davon zu bekommen schien. Aus den Schornsteinen dieser mächtigen Fabriken quoll dicker schwarzer Rauch und lastete schwer wie eine Trauerbotschaft auf der Stadt.

Mitten in der Traurigen Stadt, hinter einer Reihe von Ruinen, die wie gebrochene Herzen aussahen, wohnte ein fröhlicher kleiner Junge namens Harun, das einzige Kind des Geschichtenerzählers Raschid Khalifa, dessen Heiterkeit überall in dieser unglücklichen Metropole berühmt war und dessen niemals versiegender Strom langer, kurzer und verschlungener Erzählungen ihm nicht einen, sondern gleich zwei Spitznamen eingetragen hatte. Für seine Bewunderer war Raschid das Genie der Phantasie, so reich an heiteren und unterhaltsamen Geschichten wie das Meer an Wehmutfischen; seine eifersüchtigen Rivalen dagegen nannten ihn den Schah von Bla. Seiner Frau Soraya war Raschid viele Jahre lang ein so liebevoller Ehemann, wie man ihn sich nur wünschen kann, und Harun wuchs während dieser Jahre in einem Zuhause auf, das statt von Strafen und drohenden Mienen von dem unbeschwerten Lachen des Vaters und der süßen Stimme der Mutter erfüllt war, die glücklich ihre Lieder sang.

Dann ging irgend etwas schief. (Vielleicht hatte sich die Traurigkeit der Stadt schließlich doch noch zu den Fenstern hereingestohlen.).

An diesem Tag hörte Soraya auf zu singen – mitten in der Strophe, als hätte jemand einen Schalthebel umgelegt –, und Harun vermutete, daß ihnen etwas Schlimmes bevorstand. Doch niemals hätte er geahnt, *wie* schlimm.

Da Raschid Khalifa so sehr damit beschäftigt war, Geschichten zu erfinden und zu erzählen, fiel ihm nicht auf, daß Sorayas Gesang verstummt war; und das machte vermutlich alles noch schlimmer. Doch schließlich war Raschid ständig unterwegs, ein Mann, der überall gefragt war, das Genie der Phantasie, der berühmte Schah von Bla. Und bei all den vielen Proben und Auftritten stand Raschid so oft auf der Bühne, daß er die Dinge, die in seinem Haus vorgingen, irgendwie aus den Augen verlor. Geschäftig eilte er in Stadt und Land umher, um seine Geschichten zu erzählen, während Soraya zu Hause blieb, allmählich immer finsterer dreinblickte und sogar wie Donner grollte, bis sich das Ganze schließlich in einem heftigen Gewitter entlud.

Harun begleitete den Vater, wann immer es möglich war, denn dieser Mann war ein Magier, soviel stand fest. In engen Sackgassen, in denen zerlumpte Kinder und zahnlose Greise dicht gedrängt auf dem staubigen Boden kauerten, stieg er auf eine kleine, improvisierte Bühne; und wenn er mit dem Erzählen begann, blieben sogar die vielen umherstreunenden Kühe der Stadt stehen und spitzten die Ohren, während die Affen auf den Hausdächern anerkennend schnatterten und die Papageien in den Bäumen seine Stimme nachahmten.

Zuweilen sah Harun in seinem Vater so etwas wie einen Jongleur, denn im Grunde bestanden Raschids Erzählungen aus vielen verschiedenen Geschichten, mit denen er kunstfertig jonglierte und die er geschickt in schwindelnd schnellem Wirbel tanzen ließ, ohne je einen Fehler zu machen.

Woher kamen bloß all diese Erzählungen? Es schien, als brauche Raschid nur die Lippen zu einem breiten, roten Lächeln zu öffnen, und schon kamen nagelneue Märchen heraus, Märchen mit Hexen, Liebesgeschichten, Prinzessinnen, bösen Onkels, dicken Tanten, schnauzbärtigen Gangstern in gelbkarierten Hosen, phantastischen Szenerien, Feiglingen, Helden, Kämpfen und einem halben Dutzend melodischer Ohrwürmer. »Alles kommt irgendwoher«, folgerte Harun, »also können auch diese Geschichten nicht aus der leeren Luft kommen – oder?«

Wenn er dem Vater jedoch diese wichtigste aller Fragen stellte, kniff der Schah von Bla seine (offen gestanden) leicht vorquellenden Augen ein wenig zusammen, tätschelte sich den Wabbelbauch, schob sich den Daumen zwischen die Lippen und machte dabei alberne Trinkgeräusche, *gluck-gluck-gluck*. Harun haßte es, wenn sich der Vater so aufführte. »Nein, nein, hör auf! Woher kommen die Geschichten wirklich?« fragte er beharrlich weiter, und Raschid ließ die Augenbrauen geheimnisvoll auf und ab tanzen und machte dazu Hexenfinger.

»Aus dem großen Meer der Geschichten«, antwortete er dann. »Und wenn ich genug von dem heißen Erzählwasser getrunken habe, steh ich so richtig unter Dampf und komme auf Touren.«

Harun hielt diese Erklärung für höchst unbefriedigend. »Und wo bewahrst du das heiße Wasser auf?« erkundigte er sich schlau. »In Thermosflaschen vielleicht? Also *ich* hab hier noch keine gesehen.«

»Es kommt aus einem unsichtbaren Hahn, den einer von den Wasser-Dschinns installiert hat«, antwortete Raschid mit ernster Miene. »Man muß ein Abonnement erwerben.«

»Und wie kriegt man ein Abonnement?«

»Ach, weißt du«, entgegnete der Schah von Bla, »das ist Zu-schwierig-zu-erklären.«

»Also«, bemerkte Harun dazu verdrossen, »einen Wasser-Dschinn hab ich bisher auch noch nicht gesehen.« Raschid zuckte gleichmütig die Achseln. »Den Milchmann hast du auch noch nie gesehen, weil du immer viel zu spät aufstehst; seine Milch aber, die trinkst du trotzdem gern. Und nun hör freundlicherweise auf mit deinem ständigen Wenn und Aber und freu dich an den Geschichten, die dir gefallen.« Und damit hatte sich's.

Nur daß Harun eines Tages eine Frage zuviel stellte und daraufhin die Hölle losbrach.

Die Khalifas wohnten im Erdgeschoß eines kleinen Hauses mit rosa Mauern, lindgrünen Fenstern und verschnörkelten Metallgeländern an den blaugestrichenen Balkons – lauter Dinge, die es in Haruns Augen eher wie einen Kuchen als wie ein Gebäude aussehen ließen. Es war kein großartiges Haus, ganz anders als die Wolkenkratzer, in denen die Allerreichsten wohnten; aber es war auch nicht so elend wie die Behausungen der Armen. Die Armen wohnten in baufälligen Hütten aus Pappkartons und Plastikplatten, die nur durch die Verzweiflung zusammengehalten wurden. Und dann gab es natürlich die Allerärmsten, die überhaupt kein Obdach hatten, sondern auf dem Pflaster der Straßen und in Ladeneingängen schliefen und den einheimischen Gangstern sogar dafür noch Geld bezahlen mußten. Die Wahrheit war also, daß Harun sich glücklich schätzen durfte; aber das Glück hat leider die Angewohnheit, sich ohne jede Vorwarnung plötzlich davonzumachen. Soeben hat man noch einen Glücksstern, der über einen wacht, und im nächsten Moment hat er sich schon wieder verkrümelt.

Die meisten Bewohner der Traurigen Stadt lebten in Großfamilien; die Kinder der Armen jedoch wurden krank und hungerten, während die Kinder der Reichen sich überfraßen und um das Geld ihrer Eltern stritten. Dennoch wollte Harun wissen, warum seine Eltern nicht *mehr* Kinder hatten. Die einzige Antwort aber, die er von Raschid erhielt, war eigentlich gar keine richtige Antwort: »In dir, kleiner Harun Khalifa, steckt mehr, als auf den ersten Blick zu erkennen ist.«
Ja, aber was sollte denn *das* nun wieder heißen?
»Wir haben unsere gesamte Quote an Kindermaterial verbraucht, ganz allein um dich zu machen«, erklärte Raschid. »Das ist alles in dich hineingepackt, genug für mindestens vier bis fünf Kinder. Jawohl, mein Junge, in dir steckt mehr, als auf den ersten Blick zu erkennen ist.«
Verständliche Antworten waren nicht gerade eine Spezialität Raschid Khalifas, der niemals eine Abkürzung einschlug, wenn es einen langen, gewundenen Umweg gab. Von Soraya erhielt Harun eine verständlichere Antwort: »Wir haben es wahrhaftig versucht«, erklärte sie traurig, »doch dieses Kindermachen ist gar nicht so einfach. Denk doch nur an die armen Senguptas.«
Die Senguptas bewohnten das obere Stockwerk. Mr. Sengupta war Büroangestellter bei der City Corporation, besaß eine dünne, weinerliche Stimme und war so lattendürr und knauserig wie seine Frau Oneeta großzügig, wabbelig und lautstark. Da die beiden überhaupt keine Kinder hatten, widmete Oneeta Sen-

gupta Harun mehr Aufmerksamkeit, als ihm eigentlich lieb war. Sie schenkte ihm Zuckerwerk (das war gut) und zerzauste ihm das Haar (das war nicht gut), und wenn sie ihn an ihren Busen drückte, fühlte er sich zu seiner größten Beunruhigung völlig von den üppig wogenden Fleischmassen umschlossen.

Mr. Sengupta ignorierte Harun, unterhielt sich aber ständig mit Soraya, was Harun ganz und gar nicht paßte, zumal der Kerl jedesmal, wenn er dachte, Harun könne ihn nicht hören, zu einer ausführlichen Kritik an Raschid dem Geschichtenerzähler ausholte. »Dein Ehemann, entschuldige, wenn ich das erwähne«, begann er mit seiner dünnen, weinerlichen Stimme, »steckt die Nase in die Luft und schwebt mit dem Kopf in den Wolken. Was sollen eigentlich all diese Geschichten? Das Leben ist weder ein Märchenbuch noch ein Scherzartikelladen. Immer nur Spaß machen, das führt doch zu nichts. Wozu sind Geschichten gut, die nicht einmal wahr sind?«

Harun, der eifrig vor dem Fenster lauschte, beschloß, nicht viel von Mr. Sengupta zu halten, wenn dieser Geschichten und Geschichtenerzähler haßte: Überhaupt nichts wollte er von diesem Kerl halten.

Wozu sind Geschichten gut, die nicht einmal wahr sind?

Diese wahrhaft erschreckende Frage wollte Harun nicht aus dem Kopf gehen. Dabei gab es durchaus Menschen, für die Raschids Geschichten nützlich waren. Zu jener Zeit standen fast schon die Wahlen vor der Tür, und die großen Tiere der verschiedenen politischen Parteien kamen alle zu Raschid, trugen ihr gewinnendstes Lächeln zur Schau und baten ihn, seine Geschichten nur auf *ihren* Parteiversammlungen zu erzählen und ja nicht auf anderen. Denn alle wußten, wenn sie Raschids magische Zunge auf ihrer Seite hatten, waren ihre Sorgen vorüber. Das, was die Politiker erzählten, glaubte ohnehin keiner, auch wenn sie sich die größte Mühe gaben, so zu tun, als sagten sie die lautere Wahrheit. (Dabei war es gerade das, woran ein jeder erkannte, daß sie logen.) In Raschid dagegen setzten sie volles Vertrauen, weil er stets eingestand, daß alles, was er ihnen erzählte, absolut unwahr und nur seiner eigenen Phantasie entsprungen sei. Deswegen brauchten die Politiker Raschid, um mit seiner Hilfe möglichst viele Wählerstimmen zu sammeln. Mit ihren glänzenden Gesichtern, dem falschen Lächeln und dicken Taschen voller Geld standen sie geduldig Schlange vor seiner Tür. Raschid brauchte sich nur welche auszusuchen.

An dem Tag, da alles schiefging, geriet Harun auf dem Rückweg von der Schule in den ersten Wolkenbruch der Regenzeit.

Sobald der große Regen kam, wurde das Leben in der Traurigen Stadt ein wenig erträglicher. Im Meer gab es um diese Jahreszeit wohlschmeckende Butterfische, so daß die Menschen zur Abwechslung mal keine Wehmutfische zu essen brauchten; und die Luft war kühl und rein, weil der Regen den schwarzen, aus den Traurigkeitsfabriken quellenden Rauch fast ganz verschluckte. Harun Khalifa liebte das Gefühl, vom ersten Regen des Jahres bis auf die Haut durchnäßt zu werden; munter hüpfte er umher, genoß die herrlich warme Dusche und öffnete den Mund, um sich die Regentropfen auf die Zunge platschen zu lassen. Als er nach Hause kam, sah er so naß und glänzend aus wie ein Butterfisch im Wasser.

Mrs. Sengupta stand auf ihrem Balkon im ersten Stock und zitterte wie Wackelpudding; und wenn es nicht geregnet hätte, wäre es Harun wohl kaum entgangen, daß sie weinte. Er ging ins Haus, wo er Raschid den Geschichtenerzähler entdeckte, der aussah, als hätte er den Kopf zum Fenster hinausgesteckte, denn seine Augen und Wangen waren tropfnaß, seine Kleider aber knochentrocken.

Soraya, Haruns Mutter, war mit Mr. Sengupta durchgebrannt.

Punkt elf Uhr vormittags hatte sie Raschid in Haruns Zimmer geschickt und ihn gebeten, nach einem fehlenden Paar Socken zu suchen. Sekunden darauf, als er noch mit Suchen beschäftigt war (Harun verstand sich gut darauf, Socken zu verlieren), hörte Raschid die Haustür zufallen und einen Augenblick später das Motorgeräusch eines Automobils auf der Gasse. Als er ins Wohnzimmer zurückkehrte, war seine Frau verschwunden, während draußen ein Taxi mit Vollgas um die Ecke bog.

Sie muß alles sorgfältig geplant haben, sagte sich Raschid. Die Uhr zeigte immer noch Punkt elf. Raschid holte einen Hammer und zerschlug damit die Uhr. Dann zerschmetterte er auch noch die anderen Uhren im Haus, darunter den Wecker auf Haruns Nachttisch.

Als Harun vom Verschwinden der Mutter erfuhr, fragte er den Vater sofort: »Warum mußtest du *meine* Uhr kaputtmachen?«

Soraya hatte einen Brief zurückgelassen, in dem sie all die schlimmen Sachen aufzählte, die Mr. Sengupta über Raschid zu sagen pflegte: »Du interessierst Dich nur für Dein Vergnügen, aber ein richtiger Mann muß wissen, daß das Leben eine ernste Angelegenheit ist. Dein Kopf ist so mit Phantastereien vollgestopft, daß kein Platz mehr für Tatsachen übrigbleibt. Mr. Sengupta dagegen hat überhaupt keine Phantasie, und eben das gefällt mir an ihm besonders.« Außerdem stand da noch ein Postskriptum: »Sag Harun, daß ich ihn liebe, daß ich aber nicht anders kann. Ich muß dies jetzt ganz einfach tun.«

Aus Haruns Haaren tropfte Regenwasser auf den Brief.

»Was soll ich tun, mein Sohn?« flehte Raschid mitleiderregend. »Geschichtenerzählen ist die einzige Arbeit, auf die ich mich verstehe.«

Als er den Vater so verzweifelt sah, verlor Harun die Selbstbeherrschung und schrie: »Was hat das alles für einen Sinn? *Wozu sind Geschichten gut, die nicht einmal wahr sind?*«

Raschid barg das Gesicht in den Händen und weinte.

Am liebsten hätte Harun seine Worte zurückgenommen, sie aus den Ohren des Vaters herausgezogen und sich in den Mund zurückgestopft, aber das ging natürlich nicht. Deswegen gab er sich auch die Schuld, als bald darauf und unter Umständen, wie man sie sich peinlicher nicht ausmalen kann, etwas Unvorstellbares geschah:

Raschid Khalifa, das legendäre Genie der Phantasie, der fabelhafte Schah von Bla, erhob sich im Angesicht einer riesigen Zuschauermenge, machte den Mund auf und erkannte, daß er keine Geschichten mehr erzählen konnte.

Nachdem die Mutter sie verlassen hatte, mußte Harun feststellen, daß er sich nicht mehr längere Zeit zu konzentrieren vermochte, genauer gesagt, nicht länger als elf Minuten hintereinander. Um ihn aufzumuntern, ging Raschid mit ihm ins Kino; nach genau elf Minuten jedoch begannen Haruns Gedanken zu wandern, und als der Film zu Ende ging, hatte er keine Ahnung, wie alles ausgegangen war, und mußte Raschid fragen, ob die Guten zuletzt gewonnen hatten. Am Tag darauf, beim Straßenhockey mit den Jungen aus der Nachbarschaft, stand Harun im Tor, und nachdem er während der ersten elf Minuten eine Reihe von Schüssen brillant gehalten hatte, begann er plötzlich auch die weichsten Eier durchzulassen und mußte die dümmsten, demütigendsten Tore einstecken.

Und so ging es weiter: Ständig wanderten seine Gedanken umher und ließen den Körper hinter sich zurück. Daraus entstanden natürlich Probleme, denn viele interessante und einige sehr wichtige Dinge dauern länger als elf Minuten: Mahlzeiten zum Beispiel und Mathematikprüfungen.

Es war Oneeta Sengupta, die ihre Finger auf den Punkt legte. Sie hatte es sich angewöhnt, noch häufiger als sonst ins Erdgeschoß zu kommen, etwa um voller Trotz zu verkünden: »Keine Mrs. Sengupta mehr, wenn ich bitten darf! Von heute an bin ich nur noch Miss Oneeta!« Woraufhin sie sich mit der flachen Hand heftig vor die Stirn schlug und dazu jammerte: »Oh, oh, oh, was soll nur werden?«

Als Raschid Miss Oneeta von Haruns wanderfreudigen Gedanken berichtete, erklärte sie, auf einmal wieder sehr energisch: »Um elf Uhr hat ihn seine Mutter verlassen. Und nun hat er dieses Problem mit den elf Minuten. Der Grund dafür liegt in seiner Pussi-kollergie.«

Raschid und Harun brauchten ein paar Sekunden, bis ihnen klar wurde, daß sie *Psychologie* meinte. »Wegen seiner pussi-koller-gischen Traurigkeit«, fuhr Miss Oneeta eifrig fort, »bleibt der junge Mann bei der Zahl Elf hängen und kann einfach nicht auf die Zwölf weiter.«

»Das ist nicht wahr!« protestierte Harun, fürchtete aber tief im Herzen, daß es vielleicht doch stimmen mochten.

War er etwa stehengeblieben wie eine zerschlagene Uhr? Möglicherweise würde dieses Problem niemals gelöst werden können, es sei denn, Soraya kehrte zurück, um die Uhren wieder in Gang zu bringen.

Einige Tage später wurde Raschid Khalifa von Politikern aus der Stadt G und dem nahen K-Tal mitten in den M-Bergen zu einem Auftritt engagiert. (Dazu muß ich wohl erklären, daß es im Lande Alifbay zahlreiche Orte gab, die einen Buchstaben des Alphabets zum Namen hatten. Das führte natürlich zu einiger Verwirrung, da es ja nur eine begrenzte Anzahl Buchstaben, aber eine fast unbegrenzte Anzahl von Orten gab, die einen Namen brauchten. Infolgedessen waren viele Orte gezwungen, sich in einen Namen zu teilen. Was wiederum bedeutete, daß die Briefe der Menschen ständig an die falsche Adresse gelangten. Und diese Schwierigkeiten wurden noch problematischer, weil gewisse Orte wie etwa die Traurige Stadt ihren Namen ganz und gar vergaßen. Und da die Angestellten der nationalen Post, wie man sich vorstellen kann, mit diesem System viel Mühe hatten, konnten sie zuweilen recht reizbar sein.)

»Wir sollten hinfahren«, sagte Raschid zu Harun und versuchte, zuversichtlich zu klingen. »In der Stadt G und im K-Tal ist das Wetter jetzt noch schön, während die Luft hier für Worte viel zu tränenreich ist.«

Tatsächlich regnete es in der Traurigen Stadt so stark, daß man allein beim Atmen schon fast ertrank. Miss Oneeta, die zufällig gerade heruntergekommen war, stimmte Raschid traurig zu. »Tipptopp, der Plan«, erklärte sie. »Jawohl, fahrt nur los, ihr zwei; das wird ein richtiger kleiner Urlaub für euch zwei. Und bitte nur keine Sorgen um mich Ärmste, die ich hier mutterseelenallein im Haus sitze und sitze und sitze.«

»Die Stadt G ist nichts Besonderes«, sagte Raschid zu Harun, als der Zug sie ebendiesem Ziel entgegentrug. »Das K-Tal dagegen – das ist etwas ganz anderes! Da gibt es Felder aus Gold und Berge aus Silber, und mitten im Tal liegt ein wunderschöner See, der übrigens der Bleierne See genannt wird.«

»Wenn er so schön ist, warum heißt er dann nicht der Quecksilber-See?« erkundigte sich Harun. Und Raschid, der sich unendliche Mühe gab, fröhlich zu sein, versuchte es mit seiner alten Hexenfingernummer. »Ah ... ja ... der *Quecksilber*-See«, sagte er in seinem geheimnisvollsten Ton. »Also, das ist wieder etwas anderes. Das ist ein See der Vielen Namen, jawohl, das ist er.«

Raschid strengte sich weiterhin an, fröhlich zu klingen. Er erzählte Harun von dem Hausboot der Luxusklasse, das sie auf dem Bleiernen See erwartete. Er erzählte von der Ruine des Märchenschlosses in den Silberbergen und den von den alten Kaisern angelegten Lustgärten, die sich bis zum Ufer des Bleiernen Sees hinabzogen: Gärten mit Springbrunnen, Terrassen und Liebeslauben, in denen die Geister der alten Herrscher noch immer in Gestalt eines Wiedehopfes umherflogen. Nach genau elf Minuten hörte Harun jedoch auf zu lauschen; daraufhin hörte Raschid auf zu erzählen, und beide starrten stumm zum Fenster des Eisenbahnwaggons auf die endlose Langeweile der Ebene hinaus.

Am Bahnhof der Stadt G wurden sie von zwei finster dreinblickenden Männern mit riesigen Schnauzbärten

und auffallenden, grellgelbkarierten Hosen in Empfang genommen. Die sehen aus wie Bösewichte, dachte sich Harun, behielt seine Meinung aber für sich. Die beiden Männer fuhren Raschid und Harun geradewegs zur Parteiversammlung. Sie kamen an Bussen vorbei, aus denen Menschen quollen wie Wasser aus einem Schwamm, eine endlose Menschenmenge, die sich in alle Himmelsrichtungen ausbreitete wie Blätter an einem Dschungelbaum. Dicke Büschel von Kindern gab es, und lange, schnurgerade Reihen von Damen, wie auf einem riesigen Blumenbeet. Raschid, der tief in Gedanken versunken war, nickte traurig vor sich hin.
Und dann geschah es, das Unvorstellbare. Raschid trat auf die Bühne hinaus, trat vor den endlosen Dschungel der Zuhörer, während Harun ihm von den Kulissen aus zusah – und auf einmal wurde Raschid Khalifa, der mit geöffnetem Mund dastand, wurde dem Genie der Phantasie klar, daß dieser Mund genauso leer war wie sein Herz.
»*Krächz.*« Mehr wollte nicht herauskommen. Der Schah von Bla hörte sich an wie eine idiotische Krähe. »*Krächz, krächz, krächz.*«

Später saßen sie in einem dampfend heißen Büro, während die beiden Männer mit den Schnauzbärten und den grellgelbkarierten Hosen auf Raschid einschrien, ihn beschuldigten, von ihren Rivalen Bestechungsgeld angenommen zu haben, und andeuteten, sie würden ihm nicht nur die Zunge, sondern auch andere Dinge abschneiden. Und Raschid, den Tränen

nahe, wiederholte nur immer wieder, daß er nicht begreifen könne, wieso er plötzlich so ausgetrocknet sei, und versicherte ihnen, er werde es wiedergutmachen.
»Im K-Tal«, beschwor er sie, »werde ich fantastico sein, magnifique!«
»Das solltest du auch besser«, schrien die Schnauzbärtigen zurück, »denn sonst ist sie raus, die Zunge, aus deinem Lügenmaul!«
»Und wann geht unser Flieger nach K?« mischte sich Harun ein, der hoffte, die Wogen damit ein wenig zu glätten. (Der Zug fuhr, wie er wußte, nicht bis in die Berge hinauf.) Nun begannen die brüllenden Männer nur noch lauter zu brüllen. »Flieger? *Flieger?* Die Geschichten von seinem Papa kommen nicht vom Boden hoch, und dieser Bengel will tatsächlich *fliegen*? – O nein, für euch zwei gibt es keinen Flieger, für diesen Herrn Vater und seinen Sohn auf gar keinen Fall. Ihr werdet den verdammten *Bus* nehmen!«
Schon wieder meine Schuld, dachte Harun zutiefst zerknirscht. Mir allein ist das alles zuzuschreiben. *Wozu sind Geschichten gut, die nicht einmal wahr sind?* Diese Frage habe ich gestellt und meinem Vater damit das Herz gebrochen. Also muß ich auch alles wieder ins Lot bringen. Irgend etwas muß geschehen.
Nur leider wollte ihm nicht einfallen, was.

ZWEITES KAPITEL

DER POSTBUS

Die beiden schreienden Männer stießen Raschid und Harun auf den Rücksitz eines ramponierten Autos mit zerschlissenen scharlachroten Bezügen, und obwohl das billige Autoradio in höchster Lautstärke Filmmusik spielte, hörten die schreienden Männer während der ganzen Fahrt nicht auf, lauthals über die Unzuverlässigkeit von Geschichtenerzählern zu schimpfen, bis sie am rostigen Gittertor des Busbahnhofs ankamen. Harun und Raschid wurden kurzerhand und ohne Abschiedsworte zum Wagen hinausbefördert.

»Reisekosten?« erkundigte sich Raschid hoffnungsvoll, die schreienden Männer aber gaben lauthals zurück: »Noch mehr Geldforderungen? Unverschämtheit! Dreister Kerl!« Und brausten mit so hoher Geschwindigkeit von dannen, daß Hunde, Kühe und Frauen mit Obstkörben auf dem Kopf zur Seite springen mußten, um sich vor ihnen in Sicherheit zu bringen. Ohrenbetäubende Musik und üble Schimpfworte quollen aus dem Wagen, während er im Zickzackkurs in der Ferne verschwand.

Raschid machte sich nicht einmal die Mühe, die Faust hinter ihm herzuschütteln. Harun folgte ihm zum Fahrkartenschalter quer über einen staubigen Hof, dessen Mauern mit ungewöhnlichen Warnsprüchen bedeckt waren:

EILE UND GESCHWINDIGKEIT
BRINGEN FLUGS DICH IN DIE EWIGKEIT!

lautete einer. Ein anderer:

ÜBERHOLST DU
AUF TEUFEL KOMM RAUS,
LANDEST DU IM LEICHENHAUS!

Und ein dritter:

VORSICHT! LANGSAM!
HÄNDE ANS STEUER!
DAS LEBEN IST KOSTBAR,
AUTOS SIND TEUER!

»Eigentlich müßte es auch einen über das Anschreien von Mitfahrern auf dem Rücksitz geben«, schimpfte Harun vor sich hin, während Raschid die Fahrkarten kaufen ging.
Weil jeder unbedingt der erste sein wollte, fochten die Wartenden vor dem Schalter Ringkämpfe aus, statt sich geduldig in die Schlange zu reihen; und da die meisten von ihnen Hühner, Kinder und andere sperrige Gegenstände mitführten, war das Ergebnis ein allgemeines Gerangel, aus dem immer wieder Federn, Spielsachen und Hüte in die Luft flogen. Von Zeit zu Zeit wurde ein völlig benommener Bursche mit zerrissenen Kleidern aus dem wirren Knäuel katapultiert, der triumphierend einen Fetzen Papier in der Luft

schwenkte: den Fahrschein! Raschid holte einmal tief Luft, dann stürzte er sich ebenfalls ins Getümmel.

Mittlerweile fegten auf dem Hof, auf dem die Busse standen, kleine Staubwolken hin und her, die an winzige Wüstensandstürme erinnerten. Harun erkannte jedoch schnell, daß inmitten dieser Staubwolken Menschen steckten. Da nämlich so viele Passagiere im Busbahnhof warteten, daß sie nicht alle in die bereitstehenden Busse paßten, und ohnehin niemand wußte, welcher Bus zuerst abfuhr, trieben die Fahrer ein boshaftes Spiel mit ihnen: Einer der Fahrer startete seinen Motor, stellte die Spiegel ein und tat, als sei er abfahrbereit, und sofort schnappte sich eine Gruppe von Passagieren Koffer, Bettrollen, Papageien und Transistorradios, um zu ihm hinüberzuhasten. Der Fahrer jedoch stellte den Motor mit unschuldigem Lächeln wieder ab, während am anderen Ende des Hofes ein anderer Bus gestartet wurde und die Passagiere abermals mit der Hetzjagd begannen.

»Das ist unfair«, sagte Harun laut.

»Stimmt«, antwortete hinter ihm eine dröhnende Stimme, »aber, aber, aber du mußt zugeben, daß es Spaß macht, dabei zuzusehen.«

Der Mann, zu dem die Stimme gehörte, entpuppte sich als riesiger Bursche mit einem dichten Haarschopf, der ihm wie der Federbusch eines Papageis senkrecht vom Kopf wegstand. Und da auch sein Gesicht außergewöhnlich behaart zu sein schien, kam Harun unversehens der Gedanke, daß all diese Haare irgendwie, na ja, wie *Federn* wirkten. Lächerlich! sagte er sich, wie in aller Welt komme ich bloß auf diese Idee? Das ist doch Unsinn, das sieht man gleich.

Im selben Moment stießen zwei Staubwolken aus hastenden Passagieren zusammen und explodierten in einem Regen von Schirmen, Milchkannen und Bastsandalen, so daß Harun unwillkürlich in Lachen ausbrach. »Tipptopptyp, der Junge«, dröhnte der Mann mit dem Federhaar. »Hast'n Blick fürs Komische! Ein Unfall ist etwas sehr Trauriges und Grausames, aber, aber, aber – Rumms! Bumms! Kawumm! – wie wunderbar man darüber kichern und lachen kann!« Da stand der Riese und verneigte sich. »Zu deinen Diensten«, sagte er. »Aber ist mein Name, Fahrer von Super-Expreß-Postbus Nummer eins zum K-Tal.«

Harun fand, er müsse sich ebenfalls verneigen. »Und mein Name ist Harun.« Dann kam ihm plötzlich eine Idee, und er ergänzte: »Wenn Sie das ernst meinen mit dem Zu-Diensten-Sein, könnten Sie wirklich was für mich tun.«

»Nur so eine Redensart«, entgegnete Mr. Aber. »Aber, aber, aber ich stehe dazu! Eine Redensart ist was Veränderliches, kann verdreht werden, kann aber auch aufrichtig gemeint sein. Doch Mr. Aber ist ein aufrichtiger Mensch und kein Verdreher. Was soll's denn sein, mein junger Herr?«

Raschid hatte Harun oft erzählt, wie wunderschön die Straße von der Stadt G zum K-Tal sei, eine Straße, die sich wie eine Schlange durch den Paß H zum Tunnel I (zuweilen auch Tunnel J genannt) hinaufwand. Neben der Straße liege sogar Schnee, und durch die Schluchten schwebten sagenumwobene, leuchtend bunte Vögel; und wenn die Straße aus dem Tunnel hervorkomme (hatte Raschid gesagt), erstrecke sich vor dem Reisenden das imposanteste Panorama der ganzen Welt, der Blick auf das K-Tal mit seinen goldenen Feldern, den silbernen Bergen und dem Bleiernen See in seiner Mitte – eine Landschaft, ausgebreitet wie ein Zauberteppich, der nur darauf warte, daß jemand komme und mit ihm davonfliege. »Kein Mensch, der dieses Bild gesehen hat, kann jemals wieder traurig sein«, hatte Raschid gesagt, »ein Blinder aber wird seine Blindheit doppelt so leidvoll empfinden.« Haruns Bitte an Mr. Aber lautete daher: zwei Plätze in der ersten Reihe des Postautos auf der gesamten Fahrt zum Bleiernen See; und die Garantie, daß der Postbus den Tunnel I (zuweilen auch Tunnel J genannt) noch vor Sonnenuntergang passiere, weil das Ganze sonst seinen Sinn verlor.

»Aber, aber, aber es ist schon spät«, begann Mr. Aber zu protestieren. Als er Haruns langes Gesicht sah, grinste er jedoch breit und klatschte fröhlich in die Hände. »Aber, aber, aber was soll's!« rief er. »Die schöne Aussicht! Um den traurigen Dad ein wenig aufzumuntern! Vor Sonnenuntergang! *Kein Problem.*«

Und so fand Raschid, als er vom Fahrkartenschalter herübergewankt kam, Harun wartend auf dem Trittbrett des Postautos, dessen beste Plätze für Vater und Sohn reserviert waren und dessen Motor bereits lief.

Die anderen Passagiere, die vom Rennen außer Atem und zudem mit Staub bedeckt waren, den ihr Schweiß langsam in Lehm verwandelte, starrten Harun mit einer Mischung aus Neid und Ehrfurcht an. Raschid war ebenfalls beeindruckt. »Wie ich wohl schon gesagt habe, junger Harun Khalifa: In dir steckt mehr, als auf den ersten Blick zu erkennen ist.«

»Jahuuu!« schrie Mr. Aber, der nicht weniger leicht erregbar war als alle anderen Postangestellten auch. »Karuuumm!« ergänzte er und trat das Gaspedal bis zum Boden durch.

Wie eine Rakete schoß der Postbus zum Tor des Busbahnhofs hinaus, haarscharf an einer Mauer vorbei, auf der Harun im Vorüberbrausen folgenden Spruch las:

KANNST DU NICHT VOM TEMPO LASSEN,
GLEICH DEIN TESTAMENT VERFASSEN!

Immer schneller fuhr der Postbus – so schnell, daß die Passagiere vor Aufregung und Angst zu brüllen und zu schreien begannen. Durch ein Dorf nach dem anderen jagte Mr. Aber wie die Feuerwehr. Dabei beobachtete Harun, daß in jedem Dorf an der Bushaltestelle auf dem Dorfplatz ein Mann mit einem dicken Postsack wartete, dessen Miene anfangs verblüfft und gleich darauf ziemlich wütend war, weil der Postbus an ihm vorbeibrauste, ohne sein Tempo auch nur andeutungsweise zu verringern. Außerdem entdeckte Harun, daß sich ganz hinten im Bus ein besonderes, vom Passagierraum durch Maschendraht abgetrenntes Abteil befand, in dem sich genau die gleichen Postsäcke türmten wie die der zornigen, fäusteschüttelnden Männer auf den Dorfplätzen. Mr. Aber hatte anscheinend vergessen, die ihm anvertraute Post abzuliefern und die wartende einzusammeln!

»Müssen wir denn nicht wegen der Briefe anhalten?« erkundigte sich Harun und beugte sich neugierig vor. Im selben Moment rief Raschid der Geschichtenerzähler ängstlich: »Müssen wir denn so verflixt schnell fahren?«

Mr. Aber gelang es jedoch, das Tempo des Postautos noch zu steigern. *»Müssen wir anhalten?«* brüllte er über die Schulter zurück. *»Müssen wir so schnell fahren?* Nun, meine Herren, ich sag Ihnen was: *Müssen* ist eine glitschige Schlange, genau das ist es. Der Junge hier behauptet, Sie, mein Herr, *müssen* vor Sonnenuntergang eine schöne Aussicht haben, und vielleicht stimmt das, vielleicht auch nicht. Und irgend jemand könnte sagen, dieser Junge hier *muß* eine Mutter haben, und vielleicht stimmt das, vielleicht auch nicht. Von mir sagt man, bei Aber muß es rasend schnell gehen, aber, aber, aber vielleicht ist es auch so, daß mein Herz einfach eine andere Art von Erregung braucht. O ja, das Müssen ist ein komischer Vogel: Es macht die Menschen unaufrichtig. Sie leiden allesamt daran, wollen es aber nicht immer zugeben. Hurra!« setzte er auf einmal munter hinzu und deutete nach vorn. »Die Schneegrenze! Glatteis voraus! Aufgebrochene Straßendecke! Haarnadelkurven! Lawinengefahr! *Volle Kraft voraus!*«

Weil er das Versprechen, das er Harun gegeben hatte,

unbedingt halten wollte, hatte er kurzerhand beschlossen, nirgendwo wegen der Post zu stoppen. »*Kein Problem*«, rief er vergnügt. »In diesem Land der ach-so-viel zu vielen Orte und der ach-so-viel zu wenigen Namen kriegt ohnehin jeder Kunde die Post anderer Leute.« Mit elegantem Schwung und quietschenden Reifen auch die furchterregendsten Kurven nehmend, ratterte der Postbus in die M-Berge empor. Das Gepäck (das auf dem Dachträger festgezurrt war) begann gefährlich hin und her zu rutschen. Die Passagiere (die jetzt, nachdem der Lehm auf ihren Körpern zu einer festen Schicht erstarrt war, alle gleich aussahen) begannen sich zu beschweren.

»Meine Reisetasche!« schrie eine Lehmfrau. »Verrückter Büffel! Übergeschnappter Affe! Hör auf zu rasen, sonst fliegen meine Sachen noch in der ganzen Weltgeschichte rum!«

»Wir selbst sind es, die rumfliegen werden, Madam«, gab ein Lehmmann bissig zurück. »Also bitte ein bißchen weniger Theater um Ihre persönlichen Siebensachen.« Seine Worte wurden ärgerlich von einem zweiten Lehmmann unterbrochen: »He da, aufgepaßt! Das ist meine Frau, die Sie beleidigen!« Und eine zweite Lehmfrau warf ein: »Na und? Die ganze Zeit hat sie meinem Mann ins Ohr geplärrt und geplärrt, warum sollte er also nicht Beschwerde einlegen? Sehen Sie sie doch an, diese lehmige Vogelscheuche! Ist das eine Frau oder ein Stecken voll Lehm?«

»Beachten Sie diese Kurve, wie eng die ist!« jubelte Mr. Aber. »Genau hier hat es vor zwei Wochen eine schwere Katastrophe gegeben. Bus in den Abgrund gestürzt, alle Passagiere tot, siebenundsechzig Menschen mindestens. O Gott! So traurig! Wenn Sie wollen, halte ich an, damit Sie ein paar Fotos schießen können.«

»Ja bitte, anhalten, anhalten!« flehten ihn die Passagiere an (bloß damit er langsamer würde), doch Mr. Aber fuhr nur um so schneller. »Zu spät«, jodelte er vergnügt. »Liegt schon weit hinter uns. Anliegen müssen sofort vorgetragen werden, wenn ich ihnen nachkommen soll.«

Ach je, ich hab's schon wieder verpatzt, dachte Harun verzweifelt. Wenn wir verunglücken, wenn wir zerschmettert in einer Schlucht liegen oder in einem brennenden Wrack fritiert werden wie Kartoffelchips, ist es wieder mal meine Schuld.

Inzwischen waren sie hoch oben in den M-Bergen, und Harun hatte das Gefühl, daß der Postbus, je höher sie kamen, seltsamerweise immer schneller wurde. So extrem hoch waren sie, daß die Wolken tief unter ihnen in den Schluchten zogen, die Berge dick mit schmutzigem Schnee bedeckt waren und die Passagiere vor Kälte bibberten. Als einziges Geräusch im Postbus war allseitiges Zähneklappern zu hören. Alle waren in einem verängstigten, kältestarren Schweigen gefangen, während Mr. Aber sich so verbissen auf seine rasende Fahrerei konzentrierte, daß er sogar aufgehört hatte, jahuu zu rufen und auf die Stätten besonders grausiger Unfälle hinzuweisen.

Harun hatte das Gefühl, als trieben sie auf einem Meer des Schweigens dahin, als hebe eine Woge des Schweigens sie hoch und immer höher den Berggipfeln entgegen. Sein Mund war trocken, seine Zunge fühlte sich steif und verkrustet an. Auch Raschid brachte keinen Laut heraus, nicht einmal *krächz*. Jeden Augenblick jetzt, dachte Harun und wußte, daß in den Köpfen der anderen Passagiere ähnliches vorging, werde ich ausgelöscht werden wie ein Wort an der Schultafel – ein Wisch mit dem Tafellappen, und nichts ist von mir übriggeblieben.

Dann sah er die Wolke.

Der Postbus raste am Rand einer schmalen Schlucht entlang. Unmittelbar vor ihnen machte die Straße einen so scharfen Knick nach rechts, daß es aussah, als würden sie im Abgrund landen. Schilder am Rande der Straße warnten vor dieser zusätzlichen Gefahr, und zwar mit so eindringlichen Worten, daß sie sich nicht einmal mehr reimten. FAHR WIE DER TEUFEL, UND ER KOMMT DICH HOLEN lautete eines, und ein anderes: FAHR TODSICHER, ODER DER TOD IST DIR GEWISS. In diesem Moment kam eine dicke Wolke, von unvorstellbaren, ständig wechselnden Farben durchzogen, eine Wolke aus einem Traum oder Alptraum, aus dem Abgrund neben ihnen emporgeschossen und legte sich quer über die Straße. Sie hatten die gefährliche Kurve gerade hinter sich, als sie direkt in sie hineinstießen, und in der plötzlichen Dunkelheit hörte Harun, wie Mr. Aber mit aller Kraft auf die Bremse trat.

Nun waren auch wieder Geräusche zu hören: Schreie, das Quietschen von Reifen. Das ist das Ende, dachte Harun, im nächsten Moment aber waren sie schon wieder aus der Wolke heraus und befanden sich in einer Röhre mit glatten Wänden, die sich über ihnen wölbte, und einer Reihe Lichter an der Decke.

»Tunnel!« verkündete Mr. Aber zufrieden. »Dahinter K-Tal. Stunden bis Sonnenuntergang: eine. Zeit im Tunnel: einige Minuten. Schöne Aussicht folgt sofort. Wie schon gesagt: *kein Problem.*«

Als sie aus dem Tunnel I herauskamen, hielt Mr. Aber den Postbus an, damit sie in Ruhe zusehen konnten, wie die Sonne hinter dem K-Tal unterging und mit ihren letzten Strahlen die Goldenen Felder (auf denen in Wirklichkeit Safran wuchs), die Silbernen Berge (auf denen in Wirklichkeit reiner, weißer Schnee glitzerte) und den Bleiernen See beleuchtete (der überhaupt nicht bleiern aussah). Raschid Khalifa nahm Harun in die Arme und sagte: »Danke, daß du das eingefädelt hast, mein Sohn, doch ich muß zugeben, daß ich eine Zeitlang überzeugt war, wir säßen alle ganz schön in der Patsche, mit uns sei es aus, meine ich, finito, *khattam-shud.*«

»*Khattam-shud?*« Harun krauste nachdenklich die Stirn. »Wie ging sie noch, diese Geschichte, die du früher immer erzählt hast ...?«

Raschid sprach, als erinnere er sich an einen uralten Traum.

»Khattam-Sud«, erklärte er bedächtig, »ist der Erzfeind aller Geschichten, ja sogar der Sprache selbst. Er ist der Fürst des Schweigens und der Widersacher des Redens. Und weil alles einmal ein Ende hat, weil Träume ein Ende haben, Geschichten ein Ende haben, das Leben ein Ende hat, benutzen wir jedesmal, wenn etwas zu Ende geht, seinen Namen. ›Es ist beendet‹, sagen wir, ›es ist vorbei, *Khattam-shud:* Ende.‹«

»Die Gegend hier oben tut dir sogar jetzt schon gut«, stellte Harun fest. »Kein *krächz* mehr. Deine verrückten Geschichten kehren zurück.«

Auf dem Weg ins Tal hinab fuhr Mr. Aber endlich langsam und mit größter Vorsicht. »Aber, aber, aber nachdem ich mein Versprechen gehalten habe, besteht keine Notwendigkeit zum Rasen mehr«, erklärte er den zitternden Lehmmännern und Lehmfrauen, die Harun und Raschid wütende Blicke zuwarfen.

Als es allmählich dunkler wurde, kamen sie an einem Schild vorbei, auf dem ursprünglich gestanden hatte: WILLKOMMEN IN K; doch irgend jemand hatte sich daran zu schaffen gemacht, so daß nunmehr zu lesen war: WILLKOMMEN IN KOSH-MAR.

»Was ist Kosh-Mar?« verlangte Harun zu wissen.

»Das Werk eines Irregeleiteten«, antwortete Mr. Aber achselzuckend. »Nicht jedermann in diesem Tal ist nämlich glücklich, wie Sie wohl sehr bald feststellen werden.«

»Das ist ein Wort aus der uralten Sprache Franj, die hierorts nicht mehr gesprochen wird«, erklärte Raschid. »In jenen längst vergangenen Tagen hatte das Tal, das jetzt nur noch K heißt, andere Namen. Einer davon lautete, wenn ich mich recht erinnere, Kache-Mer. Und ein weiterer war dieses Kosh-Mar.«

»Haben diese Namen irgend etwas zu bedeuten?« erkundigte sich Harun.

»Alle Namen haben was zu bedeuten«, belehrte ihn Raschid. »Laß mich mal nachdenken. Ja, genau. Kache-Mer könnte man mit ›Ort, der sich hinter dem Meer verbirgt‹ übersetzen. Kosh-Mar dagegen ist ein schlimmerer Name.«

»Nun komm schon«, drängte ihn Harun. »Du kannst doch jetzt nicht einfach aufhören!«

»In der alten Sprache«, mußte Raschid eingestehen, »war es das Wort für Alptraum.«

Als das Postauto auf dem Busbahnhof von K eintraf, war es dunkel. Harun bedankte sich bei Mr. Aber und sagte auf Wiedersehen. »Aber, aber, aber ich werde dasein, um euch wieder nach Hause zu bringen«, versicherte er. »Die besten Plätze werden freigehalten; keine Frage. Kommen Sie, sobald es paßt – auf mich ist Verlaß –, und schon geht's los! Karuum! *Kein Problem.*«

Harun hatte befürchtet, daß Raschid hier von weiteren schreienden Männern erwartet würde, aber K war ein abgelegener Ort, und die Nachricht von der katastrophalen Darbietung des Geschichtenerzählers in der Stadt G war nicht so schnell gereist wie Mr. Abers Postbus. Deswegen wurden sie vom Boß persönlich begrüßt, dem Spitzenmann der herrschenden Partei im Tal, dem Kandidaten für die bevorstehenden Wahlen, in dessen Namen Raschid engagiert worden war. Dieser Boß war ein Mann mit einem so blitzblanken Gesicht, bekleidet mit einem weißen Buschhemd und einer Hose, beide so piekfein und frisch gestärkt, daß er sich den struppigen kleinen Schnurrbart auf seiner Oberlippe von einem anderen geborgt zu haben schien, denn für einen so aalglatten Fatzke war er viel zu schäbig.

Der aalglatte Fatzke begrüßte Raschid mit einem Filmstarlächeln, so unaufrichtig, daß Harun übel wurde. »Hochgeschätzter Mr. Raschid«, sagte er, »es ist uns eine Ehre. Eine Legende kommt in unsere Stadt!« Wenn Raschid im K-Tal genauso versagt wie in der Stadt G, dachte sich Harun, wird dieser Fatzke seinen Ton sehr schnell ändern. Raschid aber schien sich über die Schmeicheleien zu freuen, und vorläufig mußte man für alles, was ihn ein wenig aufmunterte, dankbar sein ... »Mein Name«, fuhr der aalglatte Fatzke fort, indem er ruckartig den Kopf nach vorn neigte und die Hacken zusammenschlug, »ist Abergutt.«

»Fast derselbe Name wie der von unserem Postbusfahrer!« rief Harun erstaunt, der aalglatte Fatzke mit dem schäbigen Schnurrbart jedoch hob vor Entsetzen abwehrend die Hände. »*Ganz und gar nicht* derselbe wie irgendein Busfahrer«, kreischte er. »Heiliger Moses! Wissen Sie, mit wem Sie sprechen? Sehe ich etwa wie ein Busfahrer aus?«

»Bitte, entschuldigen Sie«, begann Harun, doch Mr. Abergutt marschierte mit hoch erhobener Nase davon. »Zum Seeufer, verehrter Mr. Raschid«, rief er befeh-

lend über seine Schulter. »Die Träger bringen Ihr Gepäck.«
Auf dem Fünf-Minuten-Weg zum Ufer des Bleiernen Sees begann sich Harun höchst unbehaglich zu fühlen. Mr. Abergutt und sein Gefolge (zu dem nun auch Raschid und Harun zählten) waren ständig von genau einhundertundeinem schwer bewaffneten Soldaten umringt; und die wenigen normalen Menschen, die Harun auf der Straße entdeckte, trugen extrem feindselige Mienen zur Schau. In dieser Stadt herrscht eine ungute Atmosphäre, sagte er sich. Denn wenn man selbst in einer traurigen Stadt wohnt, erkennt man Trübsal, wenn man sie antrifft. Man riecht sie in der Nachtluft, wenn die Auspuffgase der Personen- und Lastwagen sich aufgelöst haben und der Mond alles viel deutlicher werden läßt. Raschid war hier ins Tal gekommen, weil es in seiner Erinnerung der glücklichste Ort auf Erden war, nun aber hatte sich das Unglück eindeutig sogar bis hier heraufgeschlichen.
Wenn dieser Abergutt wirklich so beliebt ist, warum braucht er dann so viele Soldaten zu seinem Schutz? überlegte Harun. Er versuchte Raschid zuzuflüstern, daß es vielleicht gar nicht so gut sei, diesen aalglatten Fatzke mit der Oberlippenbürste im Wahlkampf zu unterstüzen, aber es waren zu viele Soldaten in Hörweite. Und dann erreichten sie den See.
Am Ufer wartete ein Boot in Gestalt eines Schwans auf sie. »Nur das Beste für den hervorragenden Mr. Raschid«, flötete der hochnäsige Mr. Abergutt. »Heute nacht wohnen Sie auf dem schönsten Hausboot des

ganzen Sees – als meine Gäste. Ich hoffe, es ist nicht zu bescheiden für eine so hochstehende Persönlichkeit wie Sie.« Das klang zwar höflich, war aber, wie Harun erkannte, im Grunde eine Beleidigung. Warum ließ Raschid sich das nur gefallen? Leicht gereizt bestieg Harun das Schwanenboot. Ruderer in Militäruniform begannen zu rudern.

Harun spähte ins Wasser des Bleiernen Sees hinab. Es schien ihm von seltsamen Strömungen durchzogen zu sein, die sich in komplizierten Mustern kreuzten und überschnitten. Dann kam das Schwanenboot an etwas vorbei, das wie ein auf dem Wasser treibender Teppich aussah.

»Schwimmender Garten«, erklärte Raschid seinem Sohn. »Lotuswurzeln werden zu einem Teppich verflochten, auf dem man mitten auf dem See Gemüse anbauen kann.« Und da seine Stimme wieder einen melancholischen Unterton bekommen hatte, flüsterte Harun ihm tröstend zu: »Sei nicht traurig.«

»Traurig? Unglücklich?« kreischte der hochnäsige Abergutt. »Der erhabene Mr. Raschid ist doch nicht etwa unzufrieden mit dem Arrangement!« Und da Raschid der Geschichtenerzähler nicht fähig war, Geschichten über sich selbst zu erfinden, antwortete er wahrheitsgemäß: »Nein, Sir. Es handelt sich um eine Herzensangelegenheit.«

Warum hast du ihm das erzählt? dachte Harun erzürnt, der hochnäsige Abergutt war jedoch begeistert über diese Erklärung »Keine Sorge, einzigartiger Mr. Raschid«, rief er taktlos. »Na schön, sie mag Sie verlassen haben, *aber es schwimmen noch viele andere Fische im Meer.*«

Fische? dachte Harun wütend. Hat er tatsächlich Fische gesagt? War seine Mutter vielleicht ein Butterfisch? Mußte man sie jetzt mit einem Wehmutfisch oder einem Hai vergleichen? Also wirklich, Raschid sollte diesem Abergutt eins auf seine eingebildete Nase geben!

Der Geschichtenerzähler ließ müde eine Hand durchs Wasser des Bleiernen Sees gleiten. »Ach, aber man muß sehr lange suchen, um einen Engelfisch zu finden«, seufzte er.

Und wie als Reaktion auf seine Worte veränderte sich auf einmal das Wetter. Ein heißer Wind begann zu wehen, und über das Wasser jagte ihnen dichter Nebel entgegen. Gleich darauf vermochten sie gar nichts mehr zu sehen.

Vergiß den Engelfisch, dachte Harun. Im Augenblick finde ich nicht mal meine Nasenspitze.

DRITTES KAPITEL

DER BLEIERNE SEE

In der Nachtluft hatte Harun bereits die Trübsal erschnuppert, doch dieser überraschende Nebel stank eindeutig nach Traurigkeit und Depression. Wir hätten zu Hause bleiben sollen, dachte er. An langen Gesichtern besteht hier wirklich kein Mangel.

»Puh!« kam Raschid Khalifas Stimme durch den grünlich-gelben Nebel. »Wer hat denn *diesen* Gestank verursacht? Na los doch, gib's zu!«

»Das ist der Nebel«, erklärte Harun. »Es ist der Dunst der Trübsal.« Aber sofort ertönte die Stimme des hochnäsigen Mr. Abergutt: »Gutmütiger Mr. Raschid, mir scheint, der Junge versucht seinen Gestank mit Lügengeschichten zu vertuschen. Ich fürchte, er gleicht viel zu sehr den Menschen in diesem törichten Tal – alle verrückt nach schönem Schein. Was ich mir alles gefallen lassen muß! Meine Feinde bezahlen billige Schurken, um dem Volk die Ohren mit bösen Geschichten über mich vollzublasen, und diese ignoranten Menschen schlucken sie wie köstliche Milch. Aus diesem Grund, wortgewaltiger Mr. Raschid, habe ich mich an Sie gewandt. Sie werden schöne Geschichten erzählen, positive Geschichten, und die Menschen werden Ihnen glauben und glücklich sein und für mich stimmen.«

Kaum hatte Abergutt zu Ende gesprochen, als plötzlich ein rauher, heißer Wind über den See blies. Der

Nebel löste sich auf, doch nun brannte der Wind in ihren Gesichtern, und die Wasser des Sees wurden rauh und wild.

»Dieser See ist überhaupt nicht bleiern«, erklärte Harun. »Im Gegenteil, er ist regelrecht quecksilbrig!« Kaum hatte er diese Worte ausgesprochen, da fiel der Groschen. »Dies muß das Wetterwendische Land sein!« platzte er heraus.

Nun gehörte die Geschichte vom Wetterwendischen Land zu Raschid Khalifas beliebtesten Erzählungen. Es war die Geschichte eines Märchenlandes, das sich je nach den Launen seiner Bewohner ständig veränderte. Solange es dort genügend fröhliche Menschen gab, schien die Sonne zum Beispiel die ganze Nacht, und sie schien weiter, bis ihnen der ewige Sonnenschein auf die Nerven ging; dann brach eine verdrossene Nacht herein, eine Nacht voll gereiztem, unzufriedenem Gemurmel, in der die Luft zu dick zum Atmen war. Und wenn die Menschen zornig wurden, begann die Erde zu beben; und wenn die Menschen verwirrt oder unsicher waren, wurde auch das Wetterwendische Land unsicher, verschwammen die Umrisse von Häusern, Laternenpfählen und Automobilen wie Gemälde, deren Farben verlaufen, und dann vermochte man nur noch mühsam zu erkennen, wo ein Gegenstand aufhörte und ein anderer begann ... »Habe ich recht?« erkundigte sich Harun bei seinem Vater. »Ist dies das Land, von dem die Geschichte handelt?«

Es klang logisch: Raschid war traurig, also legte sich der Nebel der Trübsal auf das Schwanenboot; und der hochnäsige Abergutt war so mit leerer, heißer Luft aufgeblasen, daß es kaum verwunderte, wenn daraus dieser kochendheiße Wind entstand.

»Das Wetterwendische Land ist nur eine Geschichte, Harun«, beschwichtigte Raschid. »Wo wir hier sind, das ist real.« Als Harun seinen Vater »nur eine Geschichte« sagen hörte, begriff er, daß der Schah von Bla wahrhaftig abgrundtief deprimiert sein mußte, denn nur die schwärzeste Verzweiflung konnte ihn dazu verleitet haben, etwas so Schreckliches auszusprechen.

Inzwischen diskutierte Raschid mit dem hochnäsigen Abergutt. »Sie wollen doch wohl nicht von mir verlangen, daß ich nur zuckersüße Geschichten erzähle, wie?« protestierte er. »Nicht alle guten Geschichten gehören zu dieser Kategorie. Die Menschen ergötzen sich oft an den traurigsten Tragödien, solange sie ihnen nur schön vorkommen.«

Der hochnäsige Abergutt brauste auf. »Unsinn! Unsinn!« schrie er empört. »Die Bedingungen Ihres Engagements sind kristallklar! Sie werden für mich bitteschön ausschließlich Erzählungen mit Happy-end auswählen. Nichts von Ihren Trauerkloß-Märchen! Ohne Gags keine Schecks.«

Sofort erhob sich wieder der heiße Wind und begann mit doppelter Stärke zu blasen; und als Raschid in bedrücktes Schweigen versank, jagte wieder der grünlich-gelbe Nebel mit dem Klogestank quer über den See auf sie zu; und das Wasser wogte wilder als zuvor, klatschte über das Dollbord des Schwanenbootes herein und schaukelte es bedrohlich von einer Seite zur anderen, als reagiere es auf Abergutts Wut (und wohl auch auf Haruns steigenden Zorn über Abergutt).

Wieder legte sich der Nebel auf das Schwanenboot, und wieder vermochte Harun nichts zu sehen. Was er hörte, waren Geräusche der Panik: Die uniformierten Ruderer riefen angstvoll: »O Graus, o Graus, mit uns ist es aus«; der hochnäsige Abergutt, der diese Wetterbedingungen als persönliche Beleidigung zu betrachten schien, stieß wütende Schreie aus; und je mehr Schreie und Hilferufe ertönten, desto unruhiger wurde das Wasser, und desto heißer und heftiger blies der Wind. Donner grollte und Blitze zuckten, hellten den Nebel auf und erzeugten unheimliche, neonähnliche Effekte.

Harun fand, es könne nicht schaden, seine Theorie vom Wetterwendischen Land in die Tat umzusetzen. »Okay«, schrie er in den Nebel hinein. »Alle herhören! Dies ist überlebenswichtig: Alle hören auf zu reden. Kein Sterbenswort. Lippen versiegelt. Totenstille muß herrschen. Ich zähle bis drei.« Ein ganz neuer Befehlston lag in seiner Stimme, der ihn selbst mehr überraschte als alle anderen, und aufgrund dessen die Ruderer und sogar Abergutt ihm ohne Widerrede gehorchten. Der kochende Wind legte sich wie auf Kommando, Donner und Blitz erstarben jäh. Und als sich Harun dann noch gezielt bemühte, seinen Zorn auf den hochnäsigen Abergutt zu beherrschen, glätteten sich die Wogen, sobald sich seine Gefühle abgekühlt hatten. Nur der stinkende Nebel blieb.

»Tu mir bitte einen Gefallen!« rief Harun dem Vater zu. »Nur einen einzigen Gefallen: Denk an die glücklichste Zeit, an die du dich erinnern kannst. Denk an die Aussicht auf das K-Tal, das vor uns lag, als wir aus dem Tunnel I kamen. Denk an deinen Hochzeitstag! Bitte!«

Kurz darauf zerriß der übelriechende Nebel wie die Fetzen eines alten Hemdes und trieb mit einer kühlen Abendbrise davon. Endlich schien wieder der Mond auf die Wasser des Sees herab.

»Siehst du?« wandte sich Harun an seinen Vater. »Es war doch nicht *nur eine Geschichte*.«

Vor lauter Freude lachte Raschid tatsächlich laut heraus. »Du bist verflixt gut zu gebrauchen in einer Krisensituation, Harun Khalifa«, erklärte er mit nachdrücklichem Nicken. »Hut ab!«

»Leichtgläubiger Mr. Raschid«, schrie der hochnäsige Abergutt, »Sie glauben doch etwa nicht, daß dieser Bengel hier hokussiert und pokussiert hat! Es war einfach ein Unwetter, das über uns gekommen und dann wieder weitergezogen ist. Sonst nichts!«

Harun behielt seine Meinung über Mr. Abergutt für sich. Denn schließlich wußte er, was er wußte: daß nämlich, wenn in der wirklichen Welt Wunder geschehen, auch Wunderwelten Wirklichkeit werden konnten.

Das Hausboot hieß *Tausendundeine plus eine Nacht*, weil man (wie Mr. Abergutt prahlte) »in allen arabischen Nächten nicht eine solche Nacht wie diese erleben kann.« Jedes Fenster war wie die Silhouette eines Märchenvogels, -fisches oder -tieres geschnitten: Da gab es den Vogel Roc aus *Sindbad der Seefahrer*, den menschenverschlingenden Wal, den feuerspeienden Drachen und viele andere. Und da hinter allen Fenstern helles Licht brannte, waren die phantastischen Ungeheuer schon aus weiter Ferne zu erkennen und schienen sogar im Dunkeln zu leuchten.

Harun folgte Raschid und Mr. Abergutt eine hölzerne Leiter hinauf zu einer reich geschnitzten hölzernen Veranda und in einen Salon voll Kronleuchtern, throngleichen Sesseln mit reich gestickten Polstern und Tischen aus Walnußholz, die so geschickt geschnitzt waren, daß sie flachkronigen Bäumen glichen, in denen man nicht nur winzige Vögel erkennen konnte, sondern auch Gestalten, die wie geflügelte Kinder aussahen, aber natürlich Feen sein sollten. An allen Wänden standen Regale mit dicken, ledergebundenen Folianten, von denen die meisten aber nur Dekoration waren und als Tarnung für Bar- oder Besenschränke dienten. Auf einem einzigen Regal stand jedoch eine Reihe echter Bücher, geschrieben in einer Sprache, die Harun nicht lesen konnte, und illustriert mit den seltsamsten Zeichnungen, die er jemals gesehen hatte. »Gelehrter Mr. Raschid«, erklärte Mr. Abergutt gerade, »in Anbetracht Ihrer eigenen Arbeit werden Sie sich speziell für diese Bücher interessieren. Denn hier steht, zu Ihrem Vergnügen und Ihrer Erbauung, eine umfassende Sammlung jener Erzählungen, die allgemein als *Meer der Geschichtenströme* bekannt ist. Wenn

Ihnen jemals das Material ausgeht, werden Sie darin ausreichend Stoff finden.«

»Mir das Material ausgeht? Was sagen Sie da?« erkundigte sich Raschid hitzig, denn er fürchtete, Abergutt habe die ganze Zeit schon von den schrecklichen Geschehnissen in der Stadt G gewußt. Doch Abergutt tätschelte ihm die Schulter: »Empfindlicher Mr. Raschid! Das war nur ein Scherz, eine flüchtige Leichtfertigkeit, ein Wölkchen, sogleich von einer Brise verweht. Selbstverständlich freuen wir uns in aller Zuversicht auf Ihren Auftritt.«

Aber Raschid war schon wieder zutiefst deprimiert. Es wurde Zeit, den Tag zu beenden.

Die uniformierten Ruderer begleiteten Raschid und Harun zu ihren Schlafräumen, die sich sogar als noch luxuriöser erwiesen als der Salon. Haargenau in der Mitte von Raschids Zimmer stand ein überdimensionaler, bunt angemalter Pfau aus Holz. Mit geschickten Händen entfernten die Ruderer den Rücken, um ein riesiges, bequemes Bett aufzudecken. Gleich nebenan lag Haruns Zimmer, in dem ihn eine genauso überdimensionale Schildkröte erwartete, die sich, als die Ruderer ihren Panzer entfernten, ebenfalls als Bett entpuppte. Die Vorstellung, auf einer Schildkröte zu schlafen, deren Panzer entfernt worden war, fand Harun ein wenig unbehaglich, doch er besann sich auf seine gute Erziehung und sagte artig: »Vielen Dank, es ist sehr hübsch.«

»Sehr *hübsch*?« tönte der hochnäsige Abergutt von der Tür her. »Unerzogener junger Mann, du befindest dich an Bord der *Tausendundeine plus eine Nacht.* ›Sehr hübsch‹ trifft die Sache ganz und gar nicht. Gib wenigstens zu, daß dies alles super-meraviglioso ist, absolut unglaublich, einfach phanta*stick*.«

Raschid warf Harun einen Blick zu, der bedeutete: Wir hätten diesen Burschen in den See werfen sollen, solange wir noch die Möglichkeit dazu hatten, und unterbrach Abergutts Gekreische. »Wie Harun sagte, es ist wirklich sehr hübsch. Und nun gehen wir schlafen. Gute Nacht.«

Vor Ärger schnaubend, ging Abergutt wieder an Bord des Schwanenbootes. »Wenn die Menschen keinen Geschmack haben«, lautete sein Abschiedsgruß, »ist das Beste an sie verschwendet. Morgen, undankbarer Mr. Raschid, sind Sie an der Reihe. Dann werden wir sehen, wie ›hübsch‹ Ihr Publikum *Sie* findet.«

In dieser Nacht vermochte Harun nur schwer einzuschlafen. In seinem langen Lieblingsnachthemd (knallrot mit lila Flicken) lag er auf dem Rücken der Schildkröte, wälzte sich ruhelos hin und her, und gerade, als er endlich einschlummerte, kamen aus Raschids Zimmer nebenan Geräusche, die ihn wieder hellwach werden ließen: ein Knarren und Poltern, ein Stöhnen und Murmeln, und dann ein gedämpfter Ausruf:

»Es ist sinnlos – ich schaff's einfach nicht – ich bin erledigt, mit mir ist es aus!«

Auf Zehenspitzen schlich Harun zur Verbindungstür, öffnete sie behutsam einen Spalt und spähte vorsichtig hindurch. Da sah er den Schah von Bla in einem

schlichtblauen Nachthemd ohne lila Flicken ruhelos und unglücklich um sein Pfauenbett wandern und vor sich hinmurmeln, während die Holzdielen des Fußbodens knarrten und stöhnten. »›Nur schöne Geschichten‹ – ha! Ich bin das Genie der Phantasie und kein dösiger Laufbursche, den man rumkommandieren kann! Aber nein, was sage ich da? Wenn ich auf die Bühne steige und nichts anderes aus meinem Mund kommt als *krächz* – dann werden sie mich in Stücke reißen, Dann ist alles aus mit mir, finito, *khattam-shud*! Ich sollte mir nichts mehr vormachen, alles aufgeben, in den Ruhestand treten, meinen Auftritt absagen. Weil die Magie verschwunden ist, endgültig verschwunden, seit dem Tag, an dem sie mich verlassen hat.«
Plötzlich machte er kehrt, starrte die Verbindungstür an und rief laut: »Wer ist da?« Also blieb Harun nichts anderes übrig, als zu antworten: »Ich bin's. Ich konnte nicht schlafen. Ich glaube, das kommt von der Schildkröte«, ergänzte er. »Die ist mir einfach zu unheimlich.«
Raschid nickte mit ernster Miene. »Seltsam, auch ich habe Probleme mit diesem Pfau. Mir wäre eine Schildkröte weitaus lieber. Was hältst du von diesem Vogel?«
»Eindeutig besser«, gab Harun zu. »Ein Vogel, das klingt ganz okay.«
Also tauschten Harun und Raschid die Schlafzimmer; und deshalb fand der Wasser-Dschinn, der in jener Nacht die *Tausendundeine plus eine Nacht* aufsuchte und ins Pfauenzimmer schlüpfte, dort einen schlaflo-

sen Jungen vor, der nicht größer war als er und ihm verwundert ins Gesicht starrte.

Um ganz genau zu sein: Harun war kaum eingeschlummert, als er von einem Knarren und Poltern, einem Stöhnen und Murmeln wieder erwachte, so daß er zunächst glaubte, sein Vater habe auf der Schildkröte auch nicht besser schlafen können als auf dem Pfau. Dann aber wurde ihm langsam klar, daß die Geräusche nicht aus dem Schildkrötenzimmer kamen, sondern aus seinem eigenen Badezimmer. Die Badezimmertür stand offen, das Licht brannte, und als er genauer hinsah, entdeckte er durch die Türöffnung hindurch den Schattenriß einer Gestalt, die fast zu seltsam war, um sie beschreiben zu können.
Ihr Kopf glich einer überdimensionalen Zwiebel, ihre Beine überdimensionalen Auberginen, in der einen Hand hielt sie einen Werkzeugkasten und in der anderen ein Werkzeug, das wie eine Wasserpumpenzange aussah. Ein Einbrecher!
Auf Zehenspitzen schlich Harun zur Badezimmertür hinüber. Das Wesen da drinnen grummelte und brummelte ununterbrochen vor sich hin.
»Schließ ihn an, montier ihn ab. Der Kerl kommt her, also muß ich ran und ihn anschließen, Eilauftrag, egal, wie überarbeitet ich bin. Und dann, ruckzuck, kündigt er sein Abonnement, und ratet mal, wer herkommen und das Ding wieder abmontieren muß, auf der Stelle, pronto, man sollte meinen, irgendwo brennt's! Also, wo hab ich das verflixte Ding nur hingetan? Hat ir-

gend jemand da dran rumgefummelt? Keinem kann man heutzutage noch trauen. Okay, okay, okay, gehn wir methodisch vor. Heißwasserhahn, Kaltwasserhahn, genau dazwischen hinein, dann sechs Zoll hoch, und da müßte der Erzählwasserhahn sein. Also wo ist er hin? Wer hat ihn stibitzt? Hoppla, was ist das? Oho, aha, da steckst du alter Gauner! Dachtest wohl, du könntest dich vor mir verstecken, aber jetzt hab ich dich! Okay. Höchste Zeit, daß wir dich abmontieren.«

Während dieser seltsame Monolog ablief, reckte Harun Khalifa ganz vorsichtig den Kopf, bis er mit einem halben Auge um den Türpfosten ins Badezimmer lugen konnte, wo er einen kleinen, uralt wirkenden Mann, kaum größer als er selbst, entdeckte, der einen purpurroten Turban auf dem Kopf (das war die »Zwiebel«) und eine weite, an den Knöcheln zusammengefaßte Hose trug (das waren die »Auberginen«). Außerdem zierte das Gesicht des Winzlings ein überaus eindrucksvoller Backen- und Schnauzbart in einer höchst außergewöhnlichen Farbe: einem sehr hellen und zarten Himmelblau.

Harun, der noch nie blaue Haare gesehen hatte, beugte sich vor Neugier ein wenig weiter vor; woraufhin die Fußbodendiele, auf der er stand, zu seinem Entsetzen ein lautes, unverkennbares Knarren von sich gab. Der Blaubart fuhr herum, wirbelte dreimal um die eigene Achse und war verschwunden; in seiner Hast hatte er jedoch die Wasserpumpenzange aus der Hand fallen lassen. Harun stürzte ins Badezimmer, griff sich die Zange und hielt sie fest.

Langsam und, wie es schien, höchst widerwillig (obwohl Harun das nur schwer beurteilen konnte, da er noch nie gesehen hatte, wie sich jemand vor seinen Augen materialisierte) tauchte der kleine Blaubart wieder im Badezimmer auf. »Also wirklich, jetzt reicht's! Schluß mit der Spielerei, basta, genug ist genug!« giftete er. »Her damit!«

»Nein«, antwortete Harun.

»Ich will den Abschalter.« Der andere deutete mit dem Finger darauf. »Hergeben, zurück an Absender, rechtmäßigem Besitzer retournieren, loslassen, hergeben, kapitulieren!«

Jetzt erst entdeckte Harun, daß das Werkzeug in seiner Hand ebensowenig einer Wasserpumpenzange glich wie Blaubarts Kopf einer Zwiebel: Mit anderen Worten, es besaß zwar die äußere Form einer Zange, wirkte aber irgendwie eher flüssig als fest und bestand aus Tausenden von kleinen Äderchen, durch die verschiedenfarbige Flüssigkeiten strömten, alle zusammengehalten von einer unerklärlichen, unsichtbaren Kraft.

Es war wunderschön!

»Das kriegst du erst zurück«, erklärte Harun energisch, »wenn du mir sagst, was du hier zu suchen hast. Bist du ein Einbrecher? Soll ich die Bullen rufen?«

»Auftrag auf keinen Fall verraten«, antwortete der Kleine schmollend, »Top secret, streng vertraulich, Geheime Kommandosache; und ganz bestimmt nicht kleinen, naseweisen Jungen in roten Nachthemden mit lila Flicken, die sich einfach nehmen, was ihnen nicht gehört, und dann andere Leute beschuldigen, Diebe zu sein.«

»Na schön«, gab Harun zurück. »Dann wecke ich eben meinen Vater.«

»Nein«, fuhr der Blaubart heftig auf. »Keine Erwachsenen. Regeln und Vorschriften, strengstens verboten, mehr, als mir mein Job lieb ist. Oh, oh, oh, ich wußte ja, daß dies ein furchtbarer Tag werden würde.«

»Ich warte«, mahnte Harun gewichtig.

Der Winzling richtete sich zu seiner vollen Größe auf. »Ich bin der Wasser-Dschinn Wenn«, erklärte er verdrossen, »aus dem Meer der Geschichtenströme.«

Haruns Herz machte einen Sprung. »Willst du behaupten, daß du wirklich einer von den Dschinns bist, von denen mein Vater mir erzählt hat?«

»Lieferant von Erzählwasser aus dem Großen Geschichtenmeer.« Der Winzling verneigte sich. »Haargenau derselbe; kein anderer; das bin ich. Zu meinem Bedauern muß ich jedoch berichten, daß der Gentleman meine Dienste nicht länger begehrt; er hat seine Erzählerlaufbahn abgebrochen, das Handtuch geworfen, eingepackt. Sein Abonnement gekündigt. Daher meine Anwesenheit hier, wegen der Abschaltung. Zu welchem Zweck du mir bitte mein Werkzeug zurückgeben wirst.«

»Immer langsam«, widersprach Harun, dem der Kopf schwirrte – nicht nur wegen der Entdeckung, daß es tatsächlich Wasser-Dschinns gab, daß das Große Geschichtenmeer nicht *nur eine Geschichte* war, sondern weil er erfahren hatte, daß Raschid aufgegeben, einen

Schlußstrich gezogen, seine Lippen versiegelt hatte. »Ich glaube dir nicht«, sagte er zu Wenn, dem Dschinn. »Wie hat er euch das mitgeteilt? Ich war doch fast die ganze Zeit mit ihm zusammen.«

»Auf dem üblichen Weg.« Wenn zuckte die Achseln. »Ein Vzsze.«

»Und was ist das?«

»Ist doch klar«, erwiderte der Wasser-Dschinn mit bösartigem Grinsen. »Das ist ein Vorgang-zu-schwierig-zu-erklären.« Dann sah er, wie erregt Harun war, und setzte hinzu: »In diesem Fall geht es um Gedankenstrahlen. Wir klinken uns ein und belauschen seine Gedanken. Eine sehr fortschrittliche Technik.«

»Fortschrittlich oder nicht«, gab Harun zurück, »diesmal habt ihr einen Fehler gemacht, den Hahn verwechselt, das falsche Ende des Steckens erwischt.« Wie er feststellte, begann er fast schon so zu reden wie der Wasser-Dschinn, also schüttelte er den Kopf, um wieder klare Gedanken fassen zu können. »Mein Vater hat bestimmt nicht aufgegeben. Ihr könnt ihm den Erzählwasserhahn nicht abdrehen.«

»Befehl«, antwortete Wenn lakonisch. »Anfragen sind an den Oberkontrolleur zu richten.«

»Den Oberkontrolleur von was?« wollte Harun wissen.

»Aller Vorgänge-zu-schwierig-zu-erklären natürlich. Im Vzsze-Haus, Gup City, Kahani. Briefe sind an das Walroß zu richten.«

»Wer ist das Walroß?«

»Du hörst nicht zu, nicht wahr?« erwiderte Wenn. »Im

Vzsze-Haus von Gup City sind zahlreiche brillante Persönlichkeiten beschäftigt, aber es gibt nur einen Oberkontrolleur. Sie sind die Eierköpfe; er ist das Walroß. Kapiert? Verstanden?«

Harun suchte all diese Informationen zu verarbeiten. »Und wie kommen die Briefe dorthin?« erkundigte er sich. Der Wasser-Dschinn kicherte leise. »Tun sie nicht«, erklärte er. »Erkennst du, wie wunderbar raffiniert diese Methode ist?«

»Ganz und gar nicht«, widersprach Harun. »Und außerdem, selbst wenn ihr euer Erzählwasser abstellt – mein Vater wird trotzdem Geschichten erzählen können.«

»Geschichten erzählen kann jeder«, sagte Wenn. »Lügner, Betrüger und Gauner zum Beispiel. Aber für Geschichten mit dem gewissen Etwas, o ja, für die brauchen sogar die besten Geschichtenerzähler das Erzählwasser. Zum Geschichtenerzählen braucht man Treibstoff, genau wie ein Automobil; wenn du das Wasser nicht hast, kriegst du auch keinen Dampf.«

»Warum sollte ich dir überhaupt ein Wort glauben«, wandte Harun ein, »wo ich in diesem Badezimmer doch überhaupt nichts sehe als eine ganz normale Badewanne, eine Toilette, ein Waschbecken und zwei ganz normale Hähne mit der Aufschrift Kalt und Warm?«

»Fühl doch mal hier«, forderte ihn der Wasser-Dschinn auf und deutete auf einen Punkt in der leeren Luft sechs Zoll über dem Waschbecken. »Nimm den Abschalter und klopf damit gegen diese Stelle, wo du nur leere Luft zu sehen glaubst.« Zweifelnd, weil er einen Trick argwöhnte, und erst nachdem er dem Wasser-Dschinn befohlen hatte, ein ganzes Stück zurückzutreten, tat Harun, wie ihm geheißen. *Kling*, tönte der Abschalter, als er auf etwas extrem Festes und extrem Unsichtbares traf.

»Da haben wir ihn!« rief der Wasser-Dschinn mit breitem Grinsen. »Den Erzählwasserhahn: voilà.«

»Ich versteh das noch immer nicht.« Harun runzelte die Stirn. »Wo *ist* denn dieses Meer, von dem du sprichst? Und wie kommt das Erzählwasser in diesen unsichtbaren Hahn? Wie funktionieren die Installationen?« Doch als er das boshafte Funkeln in Wenns Augen sah, beantwortete er sich die Frage seufzend selber: »Laß nur, ich weiß. Durch einen Vorgang-zu-schwierig-zu-erklären.«

»Getroffen«, lobte der Wasser-Dschinn. »Mitten ins Schwarze, sieben auf einen Streich, Kandidat hat hundert Punkte.«

Nun faßte Harun Khalifa einen Entschluß, der sich als der wichtigste seines Lebens erweisen sollte. »Mr. Wenn«, forderte er höflich, aber bestimmt, »Sie müssen mich nach Gup City mitnehmen. Ich muß das Walroß sprechen, damit dieser Fehler mit dem Erzählwasserhahn meines Vaters rückgängig gemacht wird, bevor es zu spät ist.«

Wenn schüttelte den Kopf und breitete die Arme aus. »Unmöglich«, erklärte er. »Geht nicht, ausgeschlossen, nicht mal im Traum. Das Betreten von Gup City im Land Kahani an der Küste des Meeres der Geschichtenströme ist streng verboten, absolut verwehrt, hundertprozentig untersagt und nur dem zugelassenen Personal gestattet; mir, zum Beispiel. Aber du? Nein, keine Chance, nie im Leben, völlig unmöglich!«

»Wenn dem so ist«, gab Harun zuckersüß zurück, »wirst du ohne das hier« – er hielt dem Blaubart den Abschalter unter die Nase – »zurückkehren und zusehen müssen, wie denen *das* wohl gefällt.«

Eine ganze Weile blieb es still.

»Okay«, sagte dann der Wasser-Dschinn, »du hast mich in der Falle, die Sache ist gelaufen. Verschwinden wir, suchen wir das Weite, hauen wir ab. Ich meine: Wenn wir weg wollen, dann nichts wie los.«

Haruns Herz sank fast bis in seine großen Zehen. »Jetzt *gleich*, meinst du?«

»Jetzt gleich«, antwortete Wenn. Harun holte langsam und tief Luft.

»Also dann«, stimmte er zu, »jetzt gleich.«

VIERTES KAPITEL

EIN WENN UND EIN ABER

Na los, such dir einen Vogel aus«, ermunterte ihn Wenn der Wasser-Dschinn freundlich. »Irgendeinen.«

Das kam Harun sonderbar vor. »Aber der einzige Vogel, den ich hier sehe, ist ein hölzerner Pfau«, erklärte er dem Dschinn, was durchaus stimmte. Wenn stieß ein verächtliches Schnauben aus. »Man kann sich auch aussuchen, was man nicht sieht«, behauptete er, als müsse er das einem äußerst törichten Wesen erklären. »Man braucht nur den Namen eines Vogels klar und deutlich auszusprechen, auch wenn er gar nicht anwesend ist: Krähe, Wachtel, Kolibri, Bulbul, Mynah, Papagei, Falke. Man kann sich sogar ein Flugtier nach eigenen Vorstellungen aussuchen, ein geflügeltes Pferd, zum Beispiel, eine fliegende Schildkröte, einen Flugwal, eine Astroschlange, eine Aeromaus. Indem man den Gegenständen Namen gibt, ein Etikett, etwas, wodurch sie greifbar werden, indem man sie aus der Anonymität herausholt, aus dem Reich der Namenlosen, kurz gesagt, indem man sie identifiziert, ruft man den jeweils gekennzeichneten Gegenstand ins Leben. In diesem Fall den jeweils gekennzeichneten Vogel oder das jeweils gekennzeichnete Phantasieflugobjekt.«

»Das mag dort stimmen, wo du herkommst«, widersprach Harun, »in diesen Breiten herrschen strengere Regeln.«

»In diesen Breiten«, gab Wenn, der kleine Blaubart, zurück, »verschwende ich meine kostbare Zeit auf einen Abschalterdieb, der an nichts glaubt, was er nicht gesehen hat. Wieviel hast du denn überhaupt schon gesehen, eh, du Langfinger? Afrika – hast du das etwa gesehen? Nein? Existiert es deswegen etwa nicht? Und U-Boote? Eh? Oder Hagelkörner, Baseballbälle, Pagoden? Goldminen? Känguruhs, den Fujiyama, den Nordpol? Und die Vergangenheit – ist die etwa nie geschehen? Und die Zukunft – wird die etwa niemals kommen? Traust du nur deinen eigenen Augen, gerätst du bald ganz schön in Schwierigkeiten, in die Patsche, in die Tinte.«

Damit steckte er die Hand in eine Tasche seines Auberginenpyjamas, und als er sie wieder hervorholte, war sie zur Faust geballt. »Sieh dir zum Beispiel doch mal an, was ich hier habe!« Er öffnete die Faust, und fast wären Harun die Augen aus dem Kopf gepurzelt. Auf der Handfläche des Wasser-Dschinns spazierten winzige Vögel hin und her, pickten darauf herum oder flatterten mit ihren Miniaturflügeln in der Luft. Und nicht nur Vögel gab es zu sehen, sondern auch legendäre Flügelwesen aus alten Märchen: einen assyrischen Löwen mit dem Kopf eines bärtiges Mannes und zwei mächtigen, behaarten Schwingen, die aus seinen Flanken hervorwuchsen; geflügelte Affen, fliegende Untertassen, winzige Engel, schwebende (und offenbar Luft atmende) Fische. »Welchen hättest du denn gern, du kannst wählen, dir einen aussuchen«, drängte Wenn. Und obwohl es für Harun völlig klar war, daß diese Zauberwesen viel zu winzig waren, um auch nur einen abgebissenen Fingernagel tragen zu können, beschloß er, keine Einwände mehr zu erheben, und deutete auf einen winzigen Vogel mit senkrecht hochstehendem Federschopf, der ihm aus einem blitzgescheiten Auge einen schiefen Blick zuwarf.

»Nun gut, nehmen wir also den Wiedehopf«, sagte der Wasser-Dschinn und schien sogar beeindruckt zu sein. »Vielleicht ist dir bekannt, Abschalterdieb, daß der Wiedehopf in den alten Legenden der Vogel ist, der alle anderen Vögel durch zahlreiche Gefahren zu ihrem letzten Ziel geleitet. Sieh mal an, du Langfinger, wer weiß, wozu du dich noch entwickelst. Aber nun, keine Zeit für weitere Spekulationen«, sagte er abschließend, eilte zum Fenster und warf den winzigen Wiedehopf in die dunkle Nacht hinaus.

»Warum hast du das getan?« zischelte Harun leise, weil er den Vater nicht wecken wollte; doch Wenn zeigte nur sein boshaftes Grinsen. »Ein törichter Einfall«, erklärte er unschuldig. »Eine flüchtige Laune, eine plötzliche Idee. Bestimmt nicht, weil ich mehr über derartige Dinge weiß als du, o nein, bewahre!«

Als Harun empört ans Fenster stürzte, sah er den Wiedehopf auf dem Bleiernen See schwimmen – so groß wie ein richtiges Doppelbett, mit so viel Platz, daß ein Wasser-Dschinn und ein kleiner Junge bequem auf seinem Rücken reiten konnten.

»Auf geht's«, jubelte Wenn, viel zu laut für Haruns Geschmack; dann hüpfte der Wasser-Dschinn auf die Fensterbank und von dort aus auf den Rücken des

Wiedehopfes – gefolgte von Harun, dem kaum eine Sekunde Zeit blieb, darüber nachzudenken, ob es klug war, was er da tat, und der mit der Linken noch immer fest den Abschalter umklammerte. Als er es sich hinter dem Wasser-Dschinn bequem machte, wandte der Wiedehopf den Kopf und musterte ihn mit einem kritischen, aber (wie Harun hoffte) freundlichen Blick. Dann hoben sie ab und flogen rasch dem Himmel entgegen.

Durch die starke Beschleunigung wurde Harun tief in die weichen, dichten und irgendwie *haarähnlichen* Federn auf dem Rücken des Wiedehopfes gedrückt, Federn, die sich dicht um Harun zu schließen und ihn während des Flugs zu beschützen schienen. Harun brauchte eine Weile, um die große Menge verwunderlicher Dinge, die in so kurzer Zeit geschehen waren, zu verarbeiten.

Bald jagten sie so schnell dahin, daß die Erde unter ihnen und der Himmel über ihnen regelrecht verschwammen, und das wiederum vermittelte Harun den Eindruck, daß sie sich überhaupt nicht bewegten, sondern einfach in dieser unglaublichen, verschwommenen Weite dahintrieben. Als Mr. Aber ›der Postbusfahrer‹ die M-Berge hinaufraste, hatte ich dasselbe Gefühl des Dahintreibens, erinnerte er sich. Und wenn ich's recht bedenke, erinnert mich dieser Wiedehopf mit seinem Federschopf sehr stark an den alten Aber mit seinem senkrecht am Kopf hochstehenden Haarbüschel! Und wenn Abers Backenbart irgendwie fedrig gewirkt hat, so fühlen sich die Federn dieses Wiedehopfes – das habe ich schon im ersten Moment festgestellt – eindeutig wie Haare an.

Wieder steigerte sich ihr Flugtempo so rasant, daß Harun dem Wasser-Dschinn laut ins Ohr brüllte: »Das kann unmöglich ein Vogel sein; der könnte bestimmt nicht so schnell fliegen. Ist das vielleicht eine Maschine?«

Der Wiedehopf musterte ihn mit seinem funkelnden Auge. »Hast du vielleicht was gegen Maschinen?« erkundigte er sich mit einer lauten, dröhnenden Stimme, die in jeder Beziehung der Stimme des Postbusfahrers glich. Und fuhr sogleich fort: »Aber, aber, aber, du hast mir dein Leben anvertraut. Habe ich dafür nicht wenigstens ein bißchen Respekt verdient? Auch Maschinen haben ihren Stolz. Kein Grund, mich offenen Mundes anzustarren, junger Herr, ich kann's nicht ändern, wenn ich dich an jemanden erinnere; und als Busfahrer ist er wenigstens ein Mann, der eine gute, schnelle Fortbewegungsmaschine zu schätzen weiß.«

»Du kannst meine Gedanken lesen«, stellte Harun fast ein wenig vorwurfsvoll fest, denn die Vorstellung, ein mechanischer Vogel könne in seine persönlichsten Gedankengänge eindringen, war nicht unbedingt angenehm. »Aber, aber, aber selbstverständlich«, gab der Wiedehopf zurück. »Außerdem stehe ich telepathisch mit dir in Verbindung, denn wie du möglicherweise siehst, bewege ich meinen Schnabel nicht, der aus aerodynamischen Gründen seine gegenwärtige Stellung nicht verändern darf.«

»Wie machst du das?« wollte Harun wissen, und sofort kam, wie ein Gedankenblitz, wieder einmal die unvermeidliche Antwort: »Durch einen Vzsze. Einen Vorgang-zu-schwierig-zu-erklären.«

»Ich gebe auf«, stöhnte Harun. »Übrigens, hast du einen Namen?«

»Jeden Namen, der dir gefällt«, antwortete der Vogel. »Dürfte ich aus naheliegenden Gründen ›Aber‹ vorschlagen?«

So kam es, daß Harun Khalifa, der Sohn des Geschichtenerzählers, mit Wenn dem Wasser-Dschinn als Begleiter auf dem Rücken von Aber dem Wiedehopf hoch oben durch den Nachthimmel flog. Die Sonne ging auf, und nach einiger Zeit entdeckte Harun in der Ferne einen Himmelskörper, der einem großen Asteroiden glich. »Das ist Kahani, der zweite Mond der Erde«, erklärte Aber der Wiedehopf, ohne den Schnabel zu bewegen.

»Aber, aber, aber«, stammelte Harun (zur größten Belustigung des Wiedehopfes), »die Erde hat doch nur einen Mond! Wie kann es sein, daß ein zweiter Satellit so lange unentdeckt geblieben ist?«

»Aber, aber, aber, das kommt von der Geschwindigkeit«, erwiderte Aber der Wiedehopf. »Geschwindigkeit ist die unentbehrlichste aller Eigenschaften! In jedem Notfall, ob Feuer, Auto, Schiff: Was wird vor allem anderen verlangt? Geschwindigkeit, natürlich: Löschwagen, Krankenwagen, Rettungsschiffe. Und was schätzen wir an einem klugen Kopf? Ist das nicht ebenfalls des Gedankens Schnelle? So wie beim Sport (ob mit den Füßen, mit den Händen oder dem Auge) stets die Geschwindigkeit ausschlaggebend ist. Und was die Menschen nicht selbst schnell genug erledigen können, dafür bauen sie Maschinen, die es wesentlich schneller können als sie. Tempo, Supertempo! Gäbe es nicht die Lichtgeschwindigkeit, wäre das Weltall dunkel und kalt. Doch so wie die Geschwindigkeit Licht bringt, das alles offenbart, kann man sie auch benutzen, um etwas zu verstecken. Der Mond Kahani wandert so schnell – Wunder über Wunder! –, daß kein irdisches Instrument ihn aufspüren kann; und seine Umlaufbahn verändert sich bei jedem Kreislauf um ein Grad, so daß er in dreihundertundsechzig Kreisläufen jeden einzelnen Punkt der Erde überfliegt. Variables Verhalten hilft Entdecktwerden vermeiden. Aber es gibt auch äußerst schwerwiegende Gründe für die Verschiebungen des Orbits: Die Erzählwasserinstallationen müssen mit sicherer Hand über den gesamten Planeten verteilt werden. Wuumm! Karuumm! Das geht nur bei Höchstgeschwindigkeit. Leuchten dir jetzt die vielen Vorteile der Maschinen ein?«

»Dann wird der Mond Kahani auf mechanischem Wege angetrieben?« erkundigte sich Harun, doch Aber hatte seine Aufmerksamkeit schon wieder praktischeren Dingen zugewandt. »Mond nähert sich«, meldete er, ohne den Schnabel zu bewegen. »Relative Geschwindigkeit synchronisiert. Landevorgang eingeleitet. Wasserung in dreißig Sekunden, neunundzwanzig, achtundzwanzig ...«

Eine glitzernde und scheinbar endlos weite Wasserfläche kam ihnen entgegengeschossen. Die Oberfläche des Mondes Kahani schien, so weit Haruns Auge zu sehen vermochte, ganz und gar aus Wasser zu bestehen. Und was für ein Wasser das war! Überall schimmerte und schillerte es, in einer funkelnden Orgie aus Farben, wie Harun sie sich nie hätte ausmalen können. Und es war zweifellos ein warmes Meer; Harun sah deutlich, wie Dampf von ihm aufstieg, der im Sonnenschein regelrecht leuchtete. Staunend hielt er den Atem an.

»Das Meer der Geschichtenströme«, erklärte Wenn der Wasser-Dschinn, und sein blauer Bart sträubte sich vor Stolz. »Hat es sich nicht gelohnt, für diesen Anblick so weit zu reisen?«

»... drei«, zählte Aber der Wiedehopf, ohne den Schnabel zu bewegen, »zwei, eins, null«.

Wasser, Wasser, überall Wasser; nicht die geringste Spur von Land ... »Das ist ein Trick!« rief Harun erbost. »Denn wenn ich mich nicht ganz und gar täusche, gibt es hier überhaupt kein Gup City. Und kein Gup City bedeutet, kein Vzsze-Haus, kein Walroß und somit kein Grund, hierherzukommen.«

»Immer sachte mit den jungen Pferden«, mahnte der Wasser-Dschinn. »Beruhige dich, fahr nicht aus der Haut, geh nicht an die Decke. Erklärungen sind angebracht und werden, wenn du gestattest, sogleich erfolgen.«

»Aber wir sind hier mitten im Nirgendwo«, beschwerte sich Harun. »Hier draußen gibt es doch nichts, was ich tun kann!«

»Um genau zu sein: Dies ist der Tiefe Norden von Kahani«, erklärte der Wasser-Dschinn. »Und was es hier für uns gibt, ist eine Abkürzung, Umgehung bürokratischer Vorgänge, eine Chance, dem Amtsschimmel aus dem Weg zu gehen. Und überdies, wie ich ehrlicherweise zugeben muß, eine Chance für mich, unser Problem zu lösen, ohne den Guppee-Behörden meinen kleinen Fehler eingestehen zu müssen: den Verlust meines Abschalters und die daraus folgende Erpressung durch einen Dieb. Denn hier befinden wir uns auf der Suche nach Wunschwasser.«

»Du mußt nach Stellen im Wasser suchen, die besonders hell leuchten«, ergänzte Aber der Wiedehopf. »Das ist Wunschwasser. Richtig verwendet, kann es dir all deine Wünsche erfüllen.«

»Und wir brauchen die Leute von Gup nicht direkt damit zu belästigen«, fuhr Wenn fort. »Wenn dir dein Wunsch erfüllt wird, kannst du mir mein Werkzeug geben, nach Hause ins Bett zurückkehren und finito, Ende, Schluß mit der ganzen Geschichte. Okay?«

»Na ja, von mir aus«, stimmte Harun nicht ganz überzeugt und, es muß gesagt sein, mit leichtem Bedauern zu, denn er hatte sich darauf gefreut, Gup City kennenzulernen und mehr über diese geheimnisvollen Vorgänge zu erfahren, die zu schwierig zu erklären waren.

»Tipptopp, der Junge!« rief Wenn erleichtert. »Pfundskerl, erste Klasse, Held des Volkes! Und he, presto! Wunschwasser voraus!«

Behutsam paddelte Aber zu dem leuchtenden Fleck

hinüber, auf den Wenn freudig erregt mit dem Finger deutete, und kam an seinem Rand zu stehen. Das Wunschwasser verströmte ein so blendendes Licht, daß Harun den Blick abwenden mußte. Nun langte Wenn der Wasser-Dschinn in seine kleine, goldbestickte Weste und zog ein Fläschchen aus facettiertem Kristallglas mit einem kleinen goldenen Verschluß heraus. Flink schraubte er es auf, zog es mit der Öffnung durch das leuchtende Wasser (dessen Glanz ebenfalls golden aussah), drehte den Verschluß vorsichtig wieder zu und überreichte Harun das gefüllte Fläschchen. »Auf die Plätze, fertig, los!« rief er munter. »Folgendes ist zu beachten.«

Das Geheimnis des Wunschwassers lautete nämlich: Je fester man wünschte, desto besser konnte es funktionieren. »Es kommt also ganz auf dich allein an«, erläuterte Wenn. »Keine Rumspielerei, du mußt direkt zur Sache kommen und dich ernsthaft bemühen, dann bemüht sich das Wunschwasser auch ernsthaft für dich, und – bingo! – dein Herzenswunsch ist so gut wie erfüllt.«

Harun, der rittlings auf Aber dem Wiedehopf saß, starrte auf das Fläschchen in seiner Hand. Ein einziger Schluck nur, und er würde dem Vater die verlorene Kunst des Erzählens zurückgeben können! »Na, dann prost!« rief er tapfer; schraubte den Verschluß auf; und tat einen tiefen Zug.

Auf einmal war er ganz von dem goldenen Leuchten eingehüllt, ja sogar von ihm *er*füllt; und alles war sehr still, als warte der gesamte Kosmos auf seine Befehle.

Er begann seine Gedanken auf einen Punkt zu konzentrieren...

Er schaffte es nicht! Sobald er sich auf die verlorene Erzählkunst des Vaters und dessen widerrufenes Erzählwasserabonnement zu besinnen suchte, schob sich das Bild der Mutter dazwischen, und er begann sich statt dessen zu wünschen, daß sie zurückkehren, daß alles wieder so sein möge wie früher ... Dann tauchte das Gesicht des Vaters wieder auf und flehte ihn an: »*Tu mir nur diesen einzigen Gefallen, mein Junge, nur dieses eine, einzige Mal.*« Und dann kam wieder seine Mutter, und er wußte nicht, was er tun sollte – bis das goldene Leuchten mit einem schrillen Mißklang, als zerreiße tausendundeine Geigensaite, zerbarst und er wieder mit Wenn und dem Wiedehopf auf dem Meer der Geschichten schwamm.

»Elf Minuten«, sagte der Wasser-Dschinn verächtlich. »Nur elf Minuten, und seine Konzentration ist dahin, kabumm, kapuff, kaputt.«

Harun empfand tiefe Scham und ließ den Kopf hängen.

»Aber, aber, aber das ist schändlich von dir, Wenn!« schimpfte Aber der Wiedehopf, ohne den Schnabel zu bewegen. »Wünsche sind, wie du genau weißt, gar nicht so einfach zu behandeln. Du, Mister Wasser-Dschinn, ärgerst dich über deinen eigenen Fehler, weil wir nämlich jetzt doch noch nach Gup City müssen und weil dort harte Worte und böse Mienen auf dich warten, und diesen Ärger läßt du an dem Jungen aus. Hör auf damit! Hör auf, oder ich werde sehr böse!«

(Dies ist wahrhaftig eine äußerst hitzige, leicht erregbare Maschine, dachte Harun trotz seines Kummers. Maschinen sollten eigentlich ultravernünftig sein, doch dieser Vogel legt ein ganz schönes Temperament an den Tag.)
Wenn bemerkte die Schamröte, die sich über Haruns Gesicht gebreitet hatte, und beruhigte sich ein wenig. »Also auf, nach Gup City«, stimmte er zu. »Es sei denn, natürlich, du gibst mir jetzt gleich den Abschalter zurück, und wir blasen das Ganze einfach ab.«
Harun schüttelte bedrückt den Kopf.
»Aber, aber, aber du versuchst den Jungen ja immer noch einzuschüchtern!« protestierte Aber der Wiedehopf wütend, ohne den Schnabel zu bewegen. »Planänderung angezeigt, auf der Stelle! Sofort Aufmunterungsvorgang einleiten! Gib dem Kerlchen eine schöne Geschichte zu trinken!«
»Nicht schon wieder was zu trinken«, flehte Harun sehr leise und ängstlich. »Worin soll ich denn jetzt wieder versagen?«

Also erzählte Wenn der Wasser-Dschinn Harun vom Meer der Geschichtenströme, und obwohl Harun von einem Gefühl der Hoffnungslosigkeit und des Versagens erfüllt war, begann der Zauber des Meeres seine Wirkung auf ihn auszuüben. Denn als er tief ins Wasser blickte, sah er, daß es aus tausend-tausend-tausend-und-einer verschiedenen Strömung bestand, jede von einer anderen Farbe, die sich ineinander verflochten und verschlangen wie eine flüssige Tapisserie von atemberaubender Vielfalt. Wie Wenn ihm erklärte, waren das die Geschichtenströme, und jeder farbige Strang repräsentierte und enthielt eine einzelne Erzählung. Verschiedene Teile des Meeres enthielten verschiedene Erzählformen, und da alle Geschichten, die jemals erzählt worden waren, sowie viele, die gerade erzählt und ausgedacht wurden, hier zu finden waren, stellte das Meer der Geschichtenströme die größte Bibliothek des Universums dar. Und da die Geschichten hier in flüssiger Form aufbewahrt wurden, behielten sie die wundersame Fähigkeit, sich zu verändern, sich in neue Versionen ihrer selbst zu verwandeln, sich mit anderen Geschichten zu vereinen und dadurch zu wieder neuen Geschichten zu werden; so daß das Meer der Geschichtenströme, im Gegensatz zu einer Bibliothek, weit mehr war als ein Lagerraum für Erzählungen. Denn es war nicht tot, sondern lebendig.

»Und wenn du sehr, sehr vorsichtig oder sehr, sehr geschickt bist, kannst du einen Becher ins Meer tauchen«, erklärte Wenn Harun, »siehst du, so!« Er holte aus einer anderen Westentasche einen kleinen goldenen Becher hervor. »Du füllst ihn mit Wasser aus einem einzelnen, reinen Geschichtenstrom, siehst du, so!« Er tat es. »Und dann bietest du ihn einem jungen Burschen an, der bekümmert ist, damit der Zauber der Geschichte ihn wieder fröhlich macht. Na los doch! Hoch die Tassen, runter damit, kipp mal einen, gönn dir was!« forderte Wenn ihn auf. »Ich garantiere dir, du fühlst dich gleich wieder pudelwohl.«

Ohne ein weiteres Wort griff Harun nach dem goldenen Becher und trank.

Auf einmal stand er in einer Landschaft, die aussah wie ein Riesenschachbrett. Auf jedem schwarzen Quadrat stand ein Ungeheuer: Schlangen mit gespaltener Zunge, Löwen mit drei Zahnreihen, vierköpfige Hunde, fünfköpfige Dämonenkönige und so weiter. Er selbst sah das Ganze sozusagen durch die Augen des jungen Helden dieser Geschichte. Es war, als säße er auf dem Beifahrersitz eines Automobils: Er brauchte nur zuzusehen, wie der Held ein Ungeheuer nach dem anderen erledigte und langsam zu dem weißen Steinturm am anderen Ende des Schachbretts vorrückte. Hoch oben in diesem Turm befand sich (was sonst) ein einzelnes Fenster, aus dem (wer sonst) eine gefangene Prinzessin blickte. Was Harun hier erlebte, war, obwohl er es nicht wußte, die Prinzessin-Rettungs-Geschichte Nummer G/1001/ZHT/420/41(r)xi; und weil die Prinzessin dieser speziellen Geschichte sich kürzlich erst die Haare hatte schneiden lassen und daher keine langen Zöpfe besaß, die sie herunterlassen konnte – wie die Heldin der Prinzessin-Rettungs-Geschichte G/1001/RIM/77/M(w)i, eher bekannt als »Rapunzel« –, mußte Harun als Held außen am Turm emporklimmen, indem er sich mit bloßen Händen und Füßen in die Ritzen zwischen den Quadern krallte.
Als er die Hälfte des Aufstiegs bewältigt hatte, merkte er, daß seine Hände sich zu verändern begannen, lange Haare bekamen und ihre menschliche Gestalt ver-

loren. Dann platzten seine Arme aus dem Hemd, auch sie von langen Haaren bedeckt, unglaublich lang und mit Gelenken überall an den falschen Stellen. Als er an sich hinabblickte, entdeckte er, daß mit seinen Beinen dasselbe geschah. Als ihm dann schließlich neue Gliedmaßen aus den Flanken wuchsen, wurde ihm klar, daß er sich irgendwie in ein Ungeheuer verwandelte, ganz ähnlich denen, die er getötet hatte. Und oben griff die Prinzessin sich an die Kehle und rief mit schwacher Stimme:

»Pfui Teufel, mein Liebster, du hast dich in eine riesige Spinne verwandelt!«

Als Spinne vermochte er sehr schnell den Turm emporzuklettern; doch als er das Fenster erreichte, zog die Prinzessin ein langes Küchenmesser hervor und begann auf seine Gliedmaßen einzuhacken, zu sägen und zu säbeln. Dabei flehte sie im Takt: »Ver*schwin*de, Spinne, *geh* wieder heim!«, und er spürte, wie er allmählich den Halt an den Quadern des Turmes verlor. Gleich darauf gelang es ihr, den Arm, der ihr am nächsten war, zu durchtrennen, und Harun fiel.

»Aufwachen, komm zu dir, Augen auf!« hörte er Wenn beunruhigt rufen. Als er die Augen aufschlug, lag er lang ausgestreckt auf dem Rücken von Aber dem Wiedehopf. Wenn saß neben ihm, machte ein zutiefst besorgtes Gesicht und schien mehr als nur ein bißchen enttäuscht zu sein, daß Harun es irgendwie geschafft hatte, den Abschalter fest im Griff zu behalten.

»Was ist passiert?« erkundigte sich Wenn. »Wie ich vermute, hast du die Prinzessin gerettet und bist, wie vorgesehen, in den Sonnenuntergang hinein davongewandert. Aber warum dann all dieses Gestöhne und Gekeuche und Gewinde und Gewälze? *Magst* du etwa keine Prinzessin-Rettungs-Geschichten?«

Als Harun erzählte, was ihm in der Geschichte widerfahren war, zogen Wenn und Aber auf einmal sehr ernste Gesichter. »Ich kann das einfach nicht fassen«, erklärte Wenn schließlich. »Das ist eindeutig eine Premiere, etwas Einmaliges, Nie-Dagewesenes!«

»Ich bin fast froh, daß ihr das sagt«, antwortete Harun. »Ich fand nämlich auch, daß das nicht unbedingt die perfekteste Möglichkeit war, mich aufzumuntern.«

»Das muß eine Verschmutzung sein«, sagte der Wasser-Dschinn bedächtig. »Begreift ihr denn nicht? Irgend etwas, irgend jemand hat Schmutz ins Wasser geschüttet. Und wenn Schmutz in die Geschichten gelangt, laufen sie natürlich falsch. Wiedehopf, ich bin zu lange auf Tour gewesen. Falls es hier oben, im Tiefen Norden, Zeichen von Verschmutzung gibt, muß Gup City kurz vor einer Krise stehen. Schnell, schnell! Volle Fahrt voraus! Dies könnte tatsächlich Krieg bedeuten.«

»Krieg – mit wem?« wollte Harun wissen.

Wenn und Aber erschauerten, und es sah ganz so aus, als sei Angst die Ursache dafür.

»Mit dem Land Chup, auf der dunklen Seite von Kahani«, antwortete Aber der Wiedehopf, ohne den Schnabel zu bewegen. »Es scheint, als hätte der Anführer der Chupwalas, der Kultmeister von Bezaban, die Hand im Spiel.«

»Und wer ist das?« fragte Harun neugierig und bedauerte allmählich, nicht in seinem Pfauenbett geblieben zu sein und sich statt dessen mit Wasser-Dschinns, Abschaltern, sprechenden mechanischen Wiedehopfen und Geschichtenmeeren am Himmel eingelassen zu haben.

»Sein Name«, flüsterte der Wasser-Dschinn, und der Himmel verdunkelte sich einen Moment, als er ihn aussprach, »ist Khattam-Shud.«

Weit entfernt am Horizont leuchtete kurz ein einzelner wild gezackter Blitz auf. Und Harun spürte, wie ihm das Blut in den Adern gefror.

FÜNFTES KAPITEL

VON GUPPEES UND CHUPWALAS

Harun hatte nicht vergessen, was ihm der Vater über Khattam-Shud erzählt hatte. Zu viele phantastische Vorstellungen erweisen sich als wahr, dachte er. Sofort antwortete Aber der Wiedehopf, ohne den Schnabel zu bewegen: »Eine seltsame Art von Geschichtenmond wäre unser Kahani wohl, wenn man hier nicht überall Dingen aus dem Märchenbuch begegnete.« Und Harun mußte zugeben, daß *das* eine sehr logische Bemerkung war.

Sie jagten südwärts, nach Gup City. Diesmal zog es der Wiedehopf vor, im Wasser zu bleiben, schoß dahin wie ein Superrennboot und versprühte Geschichtenströme in alle Himmelsrichtungen. »Bringst du damit nicht die Geschichten durcheinander?« erkundigte sich Harun. »All diese Turbulenzen! Die müssen das doch alles restlos verquirlen.«

»*Kein Problem*!« rief Aber der Wiedehopf. »Jede Geschichte, die was wert ist, kann ein bißchen Durchrütteln vertragen. Kawumm!«

Da Harun erkannte, daß dies kein gewinnbringendes Thema war, wandte er sich wichtigeren Problemen zu. »Erzählt mir mehr von diesem Khattam-Shud«, verlangte er und war überrascht, als Wenn ihm fast mit denselben Worten antwortete wie Raschid Khalifa. »Er ist der Erzfeind aller Geschichten, ja sogar der Sprache selbst. Er ist der Fürst des Schweigens und der

Widersacher des Redens. Jedenfalls« – und hier gab der Wasser-Dschinn den monotonen Singsang der vorhergehenden Sätze auf – »wird das behauptet. Denn über das Land Chup und seine Bevölkerung, die Chupwalas, gibt es fast nur Klatsch und Nonsens, weil seit Generationen keiner von uns mehr durch die Schattenzone in die immerwährende Nacht hinübergegangen ist.«

»Verzeihung«, fiel Harun ihm ins Wort, »aber ich brauche ein bißchen Nachhilfe in Geographie.«

»Phhh«, höhnte Aber der Wiedehopf. »Eklatante Bildungslücken, wie ich leider feststellen muß.«

»Aber das ist doch unlogisch!« protestierte Harun. »Du hast schließlich selbst mit der Geschwindigkeit geprahlt, die den Mond vor den Menschen auf der Erde verbirgt. Also ist es völlig unsinnig, von uns zu erwarten, daß wir etwas über seine Topographie, seine Hauptexportartikel und so weiter wissen.«

Aber zwinkerte verschmitzt mit seinem Auge.

Es ist wirklich ziemlich schwierig, sich mit diesen Maschinen zu unterhalten, dachte Harun. Bei deren ausdrucksloser Miene weiß man nie, ob sie sich nicht vielleicht über einen lustig machen.

»Dank der Genialität der Eierköpfe im Vzsze-Haus«, begann Aber, der Mitleid mit Harun empfand, »konnte Kahanis Rotation unter Kontrolle gebracht werden. Infolgedessen liegt das Land Gup jetzt in unaufhörlichem Sonnenschein, während es drüben in Chup ständig Mitternacht ist. Zwischen diesen beiden Hälften liegt die Schattenzone, in der die Guppees auf Befehl des Oberkontrolleurs vor langer Zeit eine undurchdringliche (und unsichtbare) Kraftfeldmauer errichtet haben. Sie heißt Plappergees Mauer, nach unserem König, der mit ihrem Bau natürlich nicht das geringste zu tun hatte.«

»He, Moment mal!« Harun runzelte die Stirn. »Wenn Kahani sich um die Erde dreht, ja selbst wenn er sich wirklich *sehr* schnell dreht, muß es doch Augenblicke geben, da sich die Erde zwischen ihm und der Sonne befindet. Deswegen *kann* es gar nicht stimmen, daß auf der einen Seite ständig Tageslicht herrscht; du erzählst bloß wieder Geschichten.«

»Selbstverständlich erzähle ich Geschichten«, gab Aber der Wiedehopf zurück. »Wenn du was dagegen hast, geh mit deiner Beschwerde zum Walroß. Und nun entschuldige mich bitte, ich muß meine Aufmerksamkeit nach vorn richten. Die Verkehrsdichte hat drastisch zugenommen.«

Harun hätte gern noch viele Fragen gestellt: Warum lebten die Chupwalas in immerwährender Nacht? War es nicht furchtbar kalt, wenn die Sonne niemals schien? Und was war übrigens Bezaban und was ein Kultmeister? Aber sie näherten sich jetzt offenbar Gup City, denn das Wasser um sie herum sowie der Himmel über ihnen füllten sich mit mechanischen Vögeln, die nicht minder phantastisch waren als Aber der Wiedehopf: Vögel mit Schlangenköpfen und Pfauenrädern, fliegende Fische, Hundsvögel. Und auf dem Rücken dieser Vögel saßen Wasser-Dschinns mit Bakkenbärten jeder nur denkbaren Farbschattierung, alle in Turban, bestickter Weste und auberginenförmigem Pyjama, und allesamt Wenn so ähnlich, daß Harun fand, man könne froh sein, daß man sie an ihren leicht variierenden Bartfarben zu unterscheiden vermochte.

»Irgend etwas sehr Schwerwiegendes muß geschehen sein«, erklärte Wenn, »denn alle Einheiten wurden zur Basis zurückbefohlen. Und wenn ich meinen Abschalter hätte«, setzte er scharfen Tones hinzu, »hätte auch ich diesen Befehl erhalten, denn in seinem Griff verbirgt sich, was vorwitzige kleine Langfinger natürlich nicht wissen können, ein hochentwickeltes Funksprechgerät.«

»Zum Glück aber«, gab Harun nicht weniger scharf zurück, »hast du ja, nachdem du mich mit dieser widerlichen Geschichte halbwegs vergiftet hast, alles wieder in Ordnung gebracht, so daß niemand einen Schaden davonträgt – höchstens ich.«

Wenn ignorierte diesen Einwurf. Und auch Haruns Aufmerksamkeit wurde abgelenkt, denn er entdeckte, daß irgend etwas, das wie eine große Fläche aus besonders dickem, festem Gras oder Gemüse aussah, unmittelbar neben ihnen einherjagte und offenbar mühelos mit Aber dem Wiedehopf Schritt zu halten vermochte, während es auf ziemlich beunruhigende Art mit Grünzeugtentakeln in der Luft wedelte. In der Mitte dieses beweglichen Pflanzenteppichs blühte eine einzige fliederfarbene Blume mit dicken, fleischigen Blättern, eine Pflanze, wie Harun sie noch niemals gesehen hatte. »Was ist denn *das*?« erkundigte er sich

und zeigte mit dem Finger hinüber, obwohl er wußte, wie unhöflich das war.
»Ein Schwimmender Gärtner natürlich«, erklärte Aber der Wiedehopf, ohne den Schnabel zu bewegen. Das ergab keinen Sinn. »Ein Schwimmender Garten, meinst du wohl«, korrigierte Harun den Vogel, der daraufhin verächtlich schnaubte. »Keine Ahnung hast du, von gar nichts«, knurrte er gereizt. In diesem Moment richtete sich die Hochgeschwindigkeitspflanze tatsächlich im Wasser auf und begann sich zu drehen und zu verknoten, bis sie so etwas Ähnliches wie eine menschliche Gestalt angenommen hatte, mit der fliederfarbenen Blüte an jener Stelle im »Kopf«, wo man den Mund vermuten mußte, und einem Klumpen Wurzelwerk, der das sich zu einem rustikal wirkenden Hut formierte. Also ist es *doch* ein Schwimmender Gärtner, mußte sich Harun eingestehen.
Der Schwimmende Gärtner lief nunmehr leichtfüßig über die Wasserfläche, ohne auch nur ein bißchen einzusinken. »Wieso sollte er einsinken?« warf Aber der Wiedehopf ein. »Dann wäre er ja ein Sinkender Gärtner, nicht wahr? Während er nun, wie du siehst, tatsächlich schwimmt; er läuft, er geht, er hüpft. *Kein Problem.*«
Wenn rief dem Gärtner ein Grußwort zu, und dieser nickte sofort zurück. »Trägst einen Fremden, wie ich sehe. Äußerst merkwürdig. Immerhin. Deine Sache«, sagte er. Seine Stimme klang so sanft wie Blütenblätter (schließlich sprach er ja durch diese Fliederlippen), sein Verhalten aber wirkte irgendwie kurz angebun-

den. »Ich dachte, ihr Guppees wärt alle Plappermäuler«, wandte sich Harun flüsternd an Wenn. »Doch dieser Gärtner da, der sagt nicht viel.«
»Er *ist* redselig«, gab Wenn zurück. »Jedenfalls für einen Gärtner.«
»Guten Tag«, rief Harun dem Gärtner zu, denn er fand, als Fremder sei es an ihm, zuerst zu grüßen.
»Wer bist du?« erkundigte sich der Gärtner auf seine sanfte und dennoch kurzangebundene Art, ohne auch nur im geringsten langsamer zu werden.
Als Harun ihm seinen Namen nannte, nickte der Gärtner wiederum kurz. »Mali«, sagte er dann. »Schwimmender Gärtner erster Klasse.«
»Bitte«, fragte Harun in seinem liebenswürdigsten Ton, »was hat ein Schwimmender Gärtner zu tun?«
»Instandhaltung«, erklärte Mali. »Verworrene Geschichtenströme entwirren. Und entknoten. Unkraut jäten. Kurz gesagt: gärtnern.«
»Stell dir das Meer als einen Kopf voller Haare vor«, versuchte Aber der Wiedehopf zu helfen. »Die Geschichtenströme mußt du dir als eine dichte Mähne aus weichen, fließenden Strähnen denken. Je länger und dichter der Haarschopf, desto eher verknotet und verheddert er sich. Die Schwimmenden Gärtner, könnte man sagen, sind so etwas wie Coiffeure für das Meer der Geschichten. Bürsten, Kämmen, Waschen, Pflegen. Verstehst du jetzt?«
»Was ist das für eine Verschmutzung?« erkundigte sich Wenn bei Mali. »Wann hat sie angefangen? Und wie schlimm ist sie?«

Mali beantwortete seine Fragen der Reihe nach: »Tödlich. Beschaffenheit bisher unbekannt. Hat kürzlich angefangen, verbreitet sich aber unglaublich schnell. Wie schlimm? Sehr schlimm. Reinigung bestimmter Erzählungstypen kann Jahre dauern.«

»Zum Beispiel?« erkundigte sich Harun.

»Bestimmte, allgemein beliebte Liebesgeschichten sind zu nichts als endlosen Einkaufslisten verkommen. Kindergeschichten ebenfalls. Es gibt zum Beispiel eine Epidemie von Anekdoten über sprechende Helikopter.«

Damit verstummte Mali wieder, und die eilige Reise nach Gup City ging weiter. Wenige Minuten später hörte Harun abermals neue Stimmen. Sie klangen wie Chöre, zahlreiche Tonlagen in perfekter Übereinstimmung, jedoch von Blubbern und Gluckern durchsetzt. Nach einer Meile merkte Harun, daß die Geräusche tatsächlich aus dem Wasser kamen. Und als er ins Wasser spähte, entdeckte er zwei fürchterliche Seeungeheuer, die unmittelbar neben dem dahinjagenden Wiedehopf einherschwammen – so dicht unter der Oberfläche, daß sie auf der von Abers Geschwindigkeit aufgewühlten Gischt beinah zu surfen schienen.

Aus ihrer annähernd dreieckigen Form und ihren irisierenden Farben schloß Harun, daß es sich um eine Art Engelfisch handeln mußte, obwohl sie so groß wie Riesenhaie waren und über den ganzen Körper verteilt buchstäblich Dutzende von Mundöffnungen hatten. Diese Münder waren in ständiger Bewegung, saugten Geschichtenströme auf, stießen sie wieder aus und

hielten inne, wenn es etwas zu sagen gab. Dann allerdings sprach jeder Mund, wie Harun feststellte, mit einer eigenen Stimme; die Münder jedes einzelnen Fisches sprachen jedoch in perfekter Übereinstimmung.
»Hurtig! Hurtig! Eile tut not!« blubberte der erste Fisch.
»Das Meer siecht dahin! Rettet es vor dem Tod!« ergänzte der zweite.
Wiederum war Aber der Wiedehopf so freundlich, Harun ins Bild zu setzen. »Das sind Vielmaulfische«, erklärte er. »Ein Name, der sich auf ihre spezielle Eigenart bezieht, die dir wohl kaum entgangen sein dürfte, die Tatsache nämlich, daß sie zahlreiche Mäuler, das heißt Mundöffnungen, haben.«
Aha, dachte Harun voller Verwunderung, es gibt also wirklich Vielmaulfische im Meer, genau wie der hochnäsige Mr. Abergutt gesagt hat; und ich habe tatsächlich einen weiten Weg zurückgelegt, genau wie mein Vater gesagt hat, und habe gelernt, daß ein Vielmaulfisch gleichzeitig ein Engelfisch sein kann.
»Vielmaulfische treten stets paarweise auf«, ergänzte Aber, ohne den Schnabel zu bewegen. »Sie sind einander treu bis ans Lebensende. Zum Zeichen dieser perfekten Partnerschaft sprechen sie immer und ausschließlich in Versen.«
Diese speziellen Vielmaulfische kamen Harun jedoch nicht ganz gesund vor. Immer wieder spuckten und husteten ihre zahlreichen Münder, ihre Augen wirkten rot und entzündet. »Ich kenne mich ja nicht aus«, rief Harun ihnen zu, »aber geht es euch beiden gut?«

Die Antworten kamen umgehend, durchsetzt mit blubberndem Husten:
»Dieser Geschmack! Viel zuviel Schmutz!«
»Schwimmen tut weh! Es gibt keinen Schutz!«
»Das ist Goopy, und Bagha heiß ich!«
»Wir sind nur müde, nicht unhöflich!«
»Die Augen tränen! Das Schlucken fällt schwer!«
»Wenn wir gesund sind, reden wir mehr.«
»Wie du sehr richtig vermutet hast, reden alle Guppees gern«, kam Wenn Harun zu Hilfe. »Schweigen gilt oft als unhöflich. Daher die Entschuldigung der Vielmäuler.«
»Für mich haben sie ganz okay gesprochen«, antwortete Harun.
»Normalerweise sagt jeder Mund etwas anderes«, erklärte Wenn. »Es wird also sehr viel mehr geredet. Für sie ist das hier so schlimm wie Schweigen.«
»Während bei einem Schwimmenden Gärtner ein paar kurze Sätze schon als Redseligkeit gelten«, seufzte Harun. »Ich weiß nicht, ob ich jemals dahinterkomme, wie dieses Land funktioniert. Was tun diese Fische überhaupt?«
Die Vielmaulfische seien, wie man es ausdrücken könnte, Hungerkünstler, erklärte Wenn. »Denn wenn sie hungrig sind, schlucken sie durch jeden Mund Geschichten, und dann geschehen in ihrem Innern richtige Wunder: Ein winziges Stückchen einer Geschichte hängt sich an eine Idee aus einer anderen und, he, presto, wenn sie die Geschichten wieder ausspeien, sind es nicht mehr die alten, sondern neue. Von nichts kommt

nichts, kleiner Langfinger; keine Geschichte kommt aus dem Nichts; neue Geschichten entstehen aus alten – die Kombination ist es, die sie zu neuen macht. Wie du also siehst, kreieren unsere künstlerischen Vielmaulfische in ihrem Verdauungstrakt tatsächlich nagelneue Geschichten – und nun stell dir mal vor, wie elend sie sich jetzt fühlen müssen! All diese verschmutzten Erzählungen, die durch ihren Körper wandern: von vorn nach hinten, von oben nach unten, von einer Seite zur anderen – kein Wunder, daß sie ein bißchen käsig um die Kiemen sind!«

Die Vielmäuler kamen an die Oberfläche, um mit keuchender Stimme eine weitere Klage loszuwerden:

»Die Lage ist schlimm, kein Hoffnungsschimmer!«

»In der Alten Zone ist's aber noch schlimmer.«

Als er das hörte, schlug sich der Wasser-Dschinn so heftig mit der Hand vor die Stirn, daß ihm beinahe der Turban verrutschte. »Was ist denn? Was ist?« fragte Harun neugierig; woraufhin ihm der nunmehr noch weit beunruhigtere Wenn widerwillig erklärte, die Alte Zone in der südlichen Polarregion von Kahani sei ein Gebiet, das heute praktisch niemand mehr betrete. Es gebe kaum noch Nachfrage nach den uralten Geschichten, die dort strömten. »Du weißt ja, wie die Menschen sind: immer nur Neues, nichts als Neues. Nach den alten Erzählungen fragt keiner mehr.« Also lag die Alte Zone sozusagen brach; aber es hieß, daß alle Geschichtenströme vor langer Zeit einer jener Strömungen entsprungen waren, die aus dem Urquell, der Wiege aller Erzählungen, quer durch das Meer nach Norden flossen, und dieser Urquell befand sich der Sage nach in der des Südpols von Kahani.

»Und wenn der Urquell selbst vergiftet ist, was geschieht dann mit dem Meer – mit uns allen?« fragte Wenn fast wehklagend. »Wir haben ihn viel zu lange nicht mehr beachtet, und nun müssen wir dafür bezahlen.«

»Achtung, festhalten!« wurden sie von Aber dem Wiedehopf unterbrochen. »Fuß auf die Bremse! Gup City schnurgerade voraus. Rekordzeit. Ka-ka-ka-ruum! *Kein Problem.*«

Erstaunlich, an was man sich alles gewöhnen kann, und wie schnell, sinnierte Harun. Diese neue Welt, diese neuen Freunde: Eben erst bin ich angekommen, und schon erscheint mir gar nichts mehr besonders seltsam.

In Gup City herrschten Erregung und hektische Aktivität. Und da die Hauptstadt des Landes auf einem Archipel aus tausendundeiner Insel unmittelbar vor dem Festland lag und somit kreuz und quer, in allen Richtungen, von Wasserwegen durchzogen war, drängten sich auf diesen Wegen im Moment Wasserfahrzeuge unterschiedlichster Form und Größe, dicht besetzt mit Guppee-Bürgern, die nicht weniger unterschiedlich aussahen, obwohl sie alle eine besorgte Miene zur Schau trugen.

Aber der Wiedehopf schob sich (notgedrungen relativ langsam) mit Mali auf der einen sowie Goopy und Bagha auf der anderen Seite durch dieses schwimmen-

de Gewühl und nahm – wie alle anderen – Kurs auf die Lagune.
Die Lagune, eine wunderschöne Fläche vielfarbigen Wassers, lag zwischen dem Archipel, wo die meisten Guppees in reichgeschnitzten Holzhäusern mit Dächern aus Wellsilber und -gold ihren Wohnsitz hatten, und dem Festland, auf dem sich weite, schön angelegte Gärten in Terrassen bis ans Wasser hinabzogen. In diesen Lustgärten gab es Springbrunnen, Vergnügungskuppeln und uralte, breitkronige Bäume, und an ihrer Peripherie lagen die drei wichtigsten Gebäude von ganz Gup, die wie ein Trio gigantischer, reichverzierter Zuckerbäckertorten wirkten: in der Mitte der Palast des Königs Plappergee mit seinem großen Balkon zu den Gärten hinaus; rechts davon das Parlament von Gup, bekannt als die Plapperkiste, weil die Debatten sich dort wegen der Vorliebe der Guppees für Diskussionen über Wochen und Monate, gelegentlich sogar über Jahre hinzogen; und links davon der hoch aufragende Turm des Vzsze-Hauses, ein immenses Bauwerk, in dem ununterbrochenes Surren und Klappern zu hören war. Es beherbergte tausendundeine Maschinen-zu-schwierig-zu-erklären, von denen die Vorgänge-zu-schwierig-zu-erklären gesteuert wurden.
Aber der Wiedehopf brachte Wenn und Harun bis zu der Treppe direkt am Ufer. Dort stiegen der Junge und der Wasser-Dschinn aus und mischten sich unter die Menge im Lustgarten, während andere Guppees, die das Wasser vorzogen (Schwimmende Gärtner,

Vielmaulfische, mechanische Vögel), in der Lagune zurückblieben. Im Lustgarten bemerkte Harun eine große Anzahl von außergewöhnlich hageren Guppees, die in vollkommen rechteckige, über und über mit Schriftzeichen bedeckte Gewänder gekleidet waren. Harun fand, daß sie haargenau aussahen wie Buchseiten. »Das«, erläuterte Wenn, »sind die berühmten Seiten von Gup, das heißt, unsere Soldaten. Normalerweise bestehen Militäreinheiten aus Kompanien, Regimentern und so weiter; unsere Seiten dagegen sind zu Kapiteln und Bänden zusammengefaßt. Jedem Band geht eine Front- oder Titelseite voraus; und da oben steht der Führer der gesamten Bibliothek, das heißt, unseres Heeres: General Kitab höchstpersönlich.«

»Da oben«, das war der Balkon des Gup-Palastes, auf dem sich gerade die Würdenträger der Stadt versammelten. General Kitab war leicht zu erkennen: ein wettergegerbter betagter Herr in einer rechteckigen Uniform aus feinem, goldgeprägtem Leder von jener Art, wie Harun es zuweilen bei den Einbänden alter und sehr wertvoller Folianten gesehen hatte. Außerdem war noch der Sprecher (das heißt, der Präsident) der Plapperkiste anwesend, ein rundlicher Mann, der selbst in dieser Situation nonstop auf seine Kollegen neben ihm auf dem Balkon einredete; und ein gebrechlicher, kleiner, weißhaariger Herr mit einem goldenen Kronreif und einer tragisch-traurigen Miene, vermutlich König Plappergee persönlich. Die letzten beiden Gestalten auf dem Balkon vermochte Harun

nur schwer zu identifizieren. Der eine war ein junger und im Moment ziemlich erregter Bursche, der zwar schneidig, aber irgendwie auch töricht wirkte (»Prinz Bolo, der Verlobte von König Plappergees einzigem Kind, Prinzessin Batcheat«, flüsterte Wenn Harun zu); und der andere ein Mann mit völlig haarlosem, dafür phantastisch glattem, glänzendem Schädel und einer Oberlippe, über der wie eine leblose, schlaffe Maus ein enttäuschend mickriger Schnurrbart prangte. »Der erinnert mich an unseren hochnäsigen Mr. Abergutt«, erklärte Harun Wenn im Flüsterton. »Ach ja, den kennst du ja nicht. Aber wer ist denn das?«
Obwohl er flüsterte, vermochten ihn viele Neugierige, die sich in den überfüllten Lustgärten drängten, deutlich zu hören. Ungläubig drehten sie sich um und musterten diesen Fremden, dessen Unkenntnis so ungeheuerlich (und dessen Nachthemd nicht weniger ungewöhnlich) war, und Harun entdeckte, daß sich sehr viele Männer und Frauen in dieser Menge befanden, die wie der Mann auf dem Balkon spiegelglatte, glänzende und völlig haarlose Köpfe hatten. All diese Leute trugen weiße Kittel wie Labortechniker und waren zweifellos die Eierlöpfe vom Vzsze-Haus, jene Genies, von denen die Maschinen-zu-schwierig-zu-erklären (oder Mzszes) gesteuert wurden, und die wiederum waren für die Vorgänge-zu-schwierig-zu-erklären verantwortlich.
»Seid ihr …?« begann Harun, doch sie unterbrachen ihn, denn als Eierköpfe kapierten sie viel schneller als jeder andere. »Wir sind die Eierköpfe«, bestätigten sie

nickend. Und zeigten mit einem Gesichtsausdruck, der eindeutig besagte: Wir begreifen nicht, daß du das nicht weißt, auf den glänzenden Kahlschädel auf dem großen Balkon und erklärten: »Das ist das Walroß.«

»*Das* ist das Walroß?« platzte Harun verblüfft heraus. »Also, der sieht aber nun wirklich nicht wie ein Walroß aus! Warum nennt ihr den bloß so?«

»Wegen seines dicken, üppigen Walroßschnauzbarts«, erwiderte einer der Eierköpfe, und ein anderer ergänzte bewundernd: »Seht ihn euch an! Ist er nicht wirklich der Schönste von allen? So *haarig*. Und so seidig-glatt!«

»Aber ...« begann Harun, hielt jedoch inne, weil Wenn ihm einen kräftigen Rippenstoß versetzte. Na ja, sagte er sich daraufhin, wenn man so glatzköpfig ist wie diese Eierköpfe, sieht wohl selbst eine so traurige tote Maus wie die auf der Oberlippe des Walrosses aus wie das größte Prachtstück der ganzen Welt.

König Plappergee hob die Hand; die Menge verstummte (etwas äußerst Ungewöhnliches in Gup City). Der König wollte etwas sagen, aber die Stimme versagte ihm, und er trat mit unglücklichem Kopfschütteln einen Schritt zurück. Es war Prinz Bolo, der in einen ungestümen Redeschwall ausbrach. »Sie haben sie!« schrie er mit seiner schneidigen, törichten Stimme. »Meine Batcheat, meine Prinzessin! Die Diener des Kultmeisters haben sie vor wenigen Stunden entführt. Flegel, Rüpel, Schufte, Hunde! Schockschwerenot, das werden sie mir büßen!«

Nun ergriff General Kitab das Wort. »Ein vertracktes

Dilemma, sapperlot! Ihr Aufenthaltsort ist unbekannt, aber vermutlich wird sie in der Zitadelle von Chup gefangengehalten, dem Eisschloß Khattam-Shuds in Chup City, mitten im Herzen der immerwährenden Nacht. Hol's der Kuckuck! Schlimm, sehr schlimm. Hmpf!«

»Wir haben dem Kultmeister Khattam-Shud eine Nachricht zukommen lassen«, fuhr der Sprecher der Plapperkiste fort. »Diese Nachricht betraf sowohl das abscheuliche Gift, das ins Meer der Geschichtenströme geleitet wurde, als auch die Entführung der Prinzessin Batcheat. Wir haben verlangt, daß er mit der Verschmutzung aufhört und außerdem die entführte Lady innerhalb von sieben Stunden zurückbringt. Keine dieser Forderungen ist erfüllt worden. Daher muß ich euch leider mitteilen, daß von nun an zwischen den Ländern Gup und Chup Kriegszustand herrscht.«

»Äußerste Eile ist geboten«, erklärte das Walroß der lauschenden Menge. » Denn wenn nicht unverzüglich Schritte unternommen werden, um das Problem an der Wurzel zu packen, wird das Gift, das sich so überaus schnell verbreitet, das gesamte Meer vernichten.«

»Rettet das Meer!« rief die Menge.

»Rettet Batcheat!« schrie Prinz Bolo. Damit brachte er die Menge ein wenig durcheinander, aber die Leute waren gutmütig und änderten ihren Ruf zuvorkommend ab: »Für Batcheat und das Meer!« skandierten sie zu Prinz Bolos offensichtlicher Zufriedenheit.

Wenn der Wasser-Dschinn setzte seine liebenswürdigste Miene auf. »Nun ja, kleiner Langfinger, jetzt ha-

ben wir Krieg«, sagte er mit gespieltem Bedauern. »Und das bedeutet, daß niemand im ganzen Vzsze-Haus Zeit für dein geringfügiges Anliegen hat. Deswegen könntest du mir eigentlich auch jetzt gleich den Abschalter zurückgeben, und dann – was hältst du davon? – werde ich dafür sorgen, daß du pronto nach Hause befördert wirst, gratis und franko, was sagst du dazu? Gibt es etwas Faireres?«
Harun umklammerte den Abschalter mit aller Kraft und schob trotzig die Unterlippe vor. »Ohne Walroß kein Abschalter«, erklärte er. »Und damit basta.«
Wenn schien seine Antwort philosophisch zu nehmen. »Willst du Schokolade?« erkundigte er sich und zog eine Riesenpackung von Haruns Lieblingsschokoriegeln aus einer seiner zahllosen Westentaschen. Harun, der plötzlich merkte, wie hungrig er war, nahm die Gabe dankbar entgegen. »Ich wußte gar nicht, daß es die hier auf Kahani gibt«, sagte er.
»Gibt es auch nicht«, erwiderte Wenn. »Auf Kahani werden ausschließlich Grundnahrungsmittel hergestellt. Wenn wir köstliche, doch schädliche Luxuswaren wollen, müssen wir sie uns von der Erde holen.«
»Aha, dann kommen all die Unidentifizierten Flugobjekte also von hier«, sinnierte Harun. »Und das ist es, worauf sie aus sind: Leckereien.«
In diesem Moment entstand auf dem Palastbalkon eine leichte Unruhe. Prinz Bolo und General Kitab gingen für einen Moment hinein, um gleich darauf wieder herauszukommen und der Menge zu verkünden, daß Guppee-Patrouillen, die in die Außenbezirke der

Schattenzone vorgedrungen waren, um dort nach Hinweisen auf den Verbleib Prinzessin Batcheats zu suchen, einen Fremden verhaftet hätten – eine höchst verdächtige Person, die weder für sich selbst noch für ihre Anwesenheit in der Zone eine zufriedenstellende Erklärung abgeben könne. »Ich werde diesen Spion hier, vor euch allen, persönlich vernehmen«, schrie Bolo, und General Kitab blickte bei dieser Ankündigung zwar ein bißchen verlegen drein, erhob aber keinen Einspruch. Gleich darauf wurde von vier Seitensoldaten ein Mann auf den Balkon herausgezerrt – ein Mann in einem langen blauen Nachthemd mit auf dem Rücken gefesselten Händen und einem Sack über dem Kopf.

Als der Sack entfernt wurde, blieb Harun vor Staunen der Mund offenstehen, und der halb aufgegessene Schokoladenriegel fiel ihm aus der Hand.

Denn der Mann, der zitternd zwischen Prinz Bolo und General Kitab auf dem Palastbalkon stand, war Haruns Vater, der Geschichtenerzähler Raschid Khalifa, der unglückselige Schah von Bla.

SECHSTES KAPITEL

DIE GESCHICHTE DES SPIONS

Die Gefangennahme des »Spions«, eines Erdlings, löste im Lustgarten des Palastes erregtes und entrüstetes Gemurmel aus; und als der Mann erklärte, er sei »nur ein Geschichtenerzähler und außerdem langjähriger Abonnent Ihres eigenen Erzählwassers«, nahm die Empörung sogar noch zu.

Harun begann, sich ziemlich rücksichtslos einen Weg durch die Menge zu bahnen. Viele Leute musterten ihn voll Argwohn, diesen zweiten Erdling – ebenfalls mit einem Nachthemd bekleidet –, der da so unhöflich drängte und schubste und hochgradig erregt zu sein schien. Über die sieben Terrassen des Lustgartens arbeitete sich Harun bis zum Palastbalkon durch und hörte unterwegs immer wieder Guppees murmeln: »Unser eigener Abonnent! Wie kann er uns nur verraten und den Chupwalas helfen? Arme Prinzessin Batcheat; sie hat doch keinem was getan! Gewiß, sie singt so furchtbar schlecht, daß es einem das Trommelfell zerreißt, und ein bezaubernd schönes Bildnis ist sie auch nicht gerade, aber das ist doch kein Grund! Nicht über den Weg trauen kann man diesen Erdlingen, keinen Moment!«

Harun, der allmählich immer zorniger wurde, drängte sich nur noch energischer durch das Gewühl, dichtauf gefolgt von Wenn dem Wasser-Dschinn, der lauthals rief: »He, warte doch mal! Geduld ist eine Tugend!

Wo brennt's denn?« Aber Harun ließ sich nicht aufhalten.

»Was macht ihr Guppees eigentlich mit Spionen?« rief er Wenn aufgebracht zu. »Reißt ihr ihnen die Fingernägel einen nach dem anderen aus, bis sie gestehen? Bringt ihr sie langsam und qualvoll ums Leben oder schnell, mit einer Million Volt auf dem elektrischen Stuhl?« Der Wasser-Dschinn zog (genau wie andere Guppees, die Zeuge dieses Ausbruchs wurden) ein entsetztes und zutiefst gekränktes Gesicht. »Wie kommst du nur auf derart blutrünstige Gedanken?« rief er beleidigt. »Das ist absurd, kriminell, so etwas hab ich noch nie gehört!« – »Na schön, aber was dann?« bohrte Harun weiter. – »Ich weiß es nicht«, keuchte Wenn, der Mühe hatte, mit dem vorwärtshastenden Jungen Schritt zu halten. »Wir haben noch nie einen Spion gefangen. Vielleicht sollten wir ihn tadeln. Oder in die Ecke stellen. Oder tausendundeinmal *Ich darf nicht spionieren!* schreiben lassen. Oder ist das eine zu schwere Strafe?« Da sie endlich unter dem Palastbalkon angelangt waren, antwortete ihm Harun nicht, sondern schrie aus vollem Hals: »Hallo, Dad! Was machst *du* denn hier?«

Alle Guppees starrten ihn wie vom Donner gerührt an, und Raschid Khalifa (der noch immer vor Kälte zitterte) schien nicht weniger verwundert zu sein. »Na, so was!« Er schüttelte erstaunt den Kopf. »Der kleine Harun. Du bist wahrhaftig immer für eine Überraschung gut.«

»Er ist kein Spion!« rief Harun laut. »Er ist mein Vater

und hat überhaupt nichts getan! Nur die Gabe der Beredsamkeit hat er verloren.«
»Das stimmt«, bekannte Raschid niedergeschlagen und mit klappernden Zähnen. »Na, los doch, posaun's nur raus, damit es die ganze Welt erfährt!«

Prinz Bolo beorderte einen seiner Buchseitensoldaten, Harun und Wenn zu den königlichen Gemächern tief im Herzen des Palastes zu geleiten. Dieser kleine Soldat, der kaum älter als Harun zu sein schien, stellte sich als Plaudertasch vor, ein Name, der, wie sich später erwies, in Gup für Jungen wie auch für Mädchen gebräuchlich war. Plaudertasch trug den für Seitensoldaten vorgeschriebenen rechteckigen Waffenrock, auf dem, wie Harun feststellte, der Text einer Geschichte mit dem Titel »Bolo und das Goldene Vlies« abgedruckt war. Seltsam, sinnierte er, ich dachte, diese Geschichte handelt von jemand anderem.
Auf dem Weg durch die labyrinthischen Korridore des Königspalastes von Gup entdeckte Harun noch viele andere Buchseitensoldaten der königlichen Garde, die in irgendwie vertraut klingende Geschichten gekleidet waren. Einer trug die Geschichte »Bolo und die Wunderlampe«, ein anderer »Bolo und die vierzig Räuber«. Dann gab es noch »Bolo der Seefahrer«, »Bolo und Julia« sowie »Bolo im Wunderland«. Das alles kam Harun ziemlich verwirrend vor, doch als er Plaudertasch nach den Geschichten auf den Uniformen fragte, erwiderte der kleine Soldat lediglich: »Dies ist nicht der richtige Zeitpunkt für Diskussionen über Modefragen.

Die Würdenträger von Gup warten darauf, deinen Vater und dich verhören zu können.« Harun hatte jedoch den Eindruck, daß er Plaudertasch mit seiner Frage in Verlegenheit gebracht hatte, denn der kleine Soldat errötete unübersehbar. Na schön, alles zu seiner Zeit, sagte sich Harun.

Im Thronsaal des Palastes war Raschid gerade dabei, Prinz Bolo, General Kitab, dem Sprecher der Plapperkiste und dem Walroß seine Geschichte zu erzählen (König Plappergee hatte sich zurückgezogen, da er sich vor Sorge um Batcheat nicht ganz wohl fühlte). Der Geschichtenerzähler saß, in eine Decke gewikkelt, auf einem Stuhl und badete die Füße in einer großen Schüssel mit dampfendheißem Wasser. »Sie alle wollen nun zweifellos wissen, wie ich nach Gup gekommen bin«, begann er, während er zwischendurch immer wieder Suppe aus einer Schale trank. »Es gelang mir mit Hilfe gewisser Speisen, die ich zu mir nahm.«

Harun machte ein ungläubiges Gesicht, die anderen aber lauschten aufmerksam. »Da ich häufig unter Schlaflosigkeit leide«, fuhr Raschid fort, »entdeckte ich, daß bestimmte Speisen, entsprechend zubereitet, a) Schlaf bringen und b) den Schläfer an jeden von ihm gewünschten Ort versetzen. Und zwar durch einen Vorgang, den man als Entrückung bezeichnet. Ja, bei einiger Übung vermag man sogar genau an dem Ort aufzuwachen, zu dem einen der Traum gebracht hat; das heißt natürlich, *innerhalb des Traumes* aufzuwachen. Ich habe mir gewünscht, nach Gup entrückt zu werden, durch einen winzigen Berechnungsfehler jedoch erwachte ich, nur mit diesem unpassenden Gewand bekleidet, in der Schattenzone. Und bin, das muß ich ehrlich zugeben, beinah erfroren.«

»Was sind das für Speisen?« erkundigte sich das Walroß äußerst interessiert.

Raschid hatte sich inzwischen so weit erholt, daß er sein geheimnisvolles Augenbrauengesicht ziehen und antworten konnte: »Oh, aber ein paar kleine Geheimnisse müssen Sie mir schon zugestehen. Sagen wir einfach, Mondbeeren, Kometenschweife, Planetenringe, hinuntergespült mit ein bißchen Urschlammbrühe. Diese Suppe schmeckt übrigens ganz ausgezeichnet«, ergänzte er in einem völlig anderen Ton.

Wenn die diese Geschichte schlucken, dann schlucken sie alles, dachte Harun. Gleich werden sie bestimmt die Geduld verlieren und ihn einem Verhör dritten Grades unterziehen. Statt dessen stieß Prinz Bolo ein lautes und schneidiges, aber törichtes Lachen aus und versetzte Raschid Khalifa einen so kräftigen Hieb auf den Rücken, daß der einen ganzen Mund voll Suppe versprühte. »Nicht nur abenteuerlustig, sondern auch noch schlagfertig«, lobte er. »Prächtig! Guter Mann, Sie gefallen mir.« Damit klatschte er sich auf die Schenkel.

Wie gutgläubig diese Guppees sind, sinnierte Harun. Und so sanftmütig! Der Wasser-Dschinn hätte mit mir um seinen Abschalter kämpfen können, doch er hat keinen einzigen Versuch gemacht, ihn mir mit Gewalt wegzunehmen, nicht einmal, als ich ohnmächtig war.

Und sollten sie einen echten Spion tatsächlich nur zu tausendundeiner Zeile verurteilen, dann müssen sie wahrhaftig friedliebend sein. Wenn sie nun aber gezwungen sind, in den Krieg zu ziehen – was dann? In dieser Hinsicht sind sie einfach hilflos, ein völlig hoffnungsloser Fall … Hier jedoch stoppte Harun seine Gedanken, denn beinah hätte er *khattam-shud* hinzugesetzt.

»In der Schattenzone«, berichtete Raschid Khalifa, »habe ich schlimme Dinge gesehen und noch schlimmere gehört. Das Militär der Chupwalas hat dort ein Biwak aufgeschlagen. Pechschwarze Zelte, umgeben von fanatischem Schweigen. Denn es ist wahr, was ihr nur gerüchteweise gehört habt: Das Land Chup ist unter den Einfluß des Mysteriums von Bezaban geraten, einen Kult der Stummheit oder Taubheit, dessen Anhänger sich, um ihre Ergebenheit zu beweisen, zu lebenslangem Schweigen verpflichten.

Ja, das alles habe ich gehört, während ich unentdeckt zwischen den Zelten der Chupwalas umherschlich. Früher einmal predigte Khattam-Shud, der Kultmeister, lediglich Haß auf Geschichten, Phantastereien und Träume; jetzt aber ist er weit strenger geworden und verbietet das Sprechen überhaupt. In Chup City sind alle Schulen, Gerichtshöfe und Theater geschlossen, weil sie wegen der Schweigegesetze nicht arbeiten können. Außerdem habe ich erfahren, daß ein paar ganz besonders fanatische Anhänger des Mysteriums sich regelrecht in Raserei hineinsteigern und sich die Lippen mit festem Garn zunähen, so daß sie langsam verhungern und verdursten. Sie opfern sich auf dem Altar der Liebe zu Bezaban ...«

»Wer oder was ist Bezaban eigentlich?« erkundigte sich Harun. »Ihr anderen wißt das ja vielleicht, ich aber hab keinen blassen Schimmer.«

»Bezaban ist ein gigantisches Götzenbild«, erklärte Raschid seinem Sohn, »ein riesiger Koloß aus schwarzem Eis, und steht im Herzen von Khattam-Shuds Festungsburg, der Zitadelle von Chup. Wie es heißt, hat dieser Götze keine Zunge, sondern grinst nur furchterregend und zeigt seine Zähne, die so groß sind wie richtige Häuser.

»Ich glaube, ich hätte lieber nicht fragen sollen«, gab Harun kleinlaut zurück.

»In diesem düsteren Zwielicht schlichen die Chupwala-Soldaten umher«, fuhr Raschid mit seiner Geschichte fort. »Sie trugen lange Umhänge, unter deren wirbelnden Falten ich zuweilen den matten Glanz einer gefährlichen Messerklinge hervorschimmern sah. Aber, meine Herren, Sie kennen ja wohl alle die Geschichten, die man sich über Chup erzählt. Daß es ein Reich der Dunkelheit ist, eine Welt der Bücher mit Vorhängeschlössern und der herausgerissenen Zungen, der heimlichen Verschwörungen und Giftringe. Warum hätte ich mich noch länger in der Nähe dieses schrecklichen Biwaks aufhalten sollen? Mit nackten Füßen, blau vor Kälte, machte ich mich auf, dem fernen Licht entgegen, das ich am Horizont sah. Unterwegs kam ich dann an Plappergees Mauer, die Kraftfeldmauer; und, meine Herren, sie ist in einem beklagenswerten Zustand. Es gibt zahllose Löcher, durch die man leicht hinüber- und herübergelangen kann. Die Chupwalas wissen das längst – ich habe sie selbst auf der hiesigen Seite der Mauer gesehen. Und ich habe Batcheats Entführung mit eigenen Augen beobachtet!«

»Was sagen Sie da?« schrie Bolo erregt, sprang auf und nahm eine schneidige, aber ein wenig törichte Pose ein. »Warum erzählen Sie uns das erst jetzt? Schockschwerenot! Reden Sie weiter, Mann! Ich flehe Sie an, reden Sie weiter!« (Als Bolo das sagte, schienen die anderen Würdenträger irgendwie peinlich berührt zu sein und wandten verlegen die Blicke ab.)

»Ich kämpfte mich gerade durch das dichte Dornengestrüpp zum Meeresstrand hinunter«, fuhr Raschid fort, »als sich ein Schwanenboot aus Silber und Gold näherte. Darin saß eine junge Frau mit sehr langem Haar, die einen goldenen Kronreif trug und, bitte verzeiht, mit der häßlichsten Stimme sang, die ich jemals gehört habe. Darüber hinaus waren ihre Zähne und ihre Nase …«

»Sie brauchen nicht fortzufahren«, fiel ihm der Sprecher der Plapperkiste ins Wort. »Das war Batcheat, ganz eindeutig.«

»Batcheat, Batcheat!« lamentierte Bolo. »Werde ich nie wieder deine ach so süße Stimme hören, nie wieder dein ach so zartes Gesichtchen erblicken?«

»Was hatte sie da überhaupt zu suchen?« erkundigte sich das Walroß. »Diese Regionen sind gefährlich.«

Nun räusperte sich Wenn der Wasser-Dschinn. »Meine Herren«, sagte er, »Sie wissen möglicherweise nichts davon, aber die Jugendlichen von Gup dringen gelegentlich in die Schattenzone vor, das heißt zuweilen, das heißt ziemlich häufig. Da sie in unaufhörlichem Sonnenlicht leben, möchten sie die Sterne, die Erde, den anderen Mond am Himmel scheinen sehen. So etwas ist sehr waghalsig, aber es gibt ja, wie diese jungen Leute meinen, immer noch Plappergees Mauer zu ihrem Schutz. Die Dunkelheit, meine Herren, besitzt eine ganz eigenartige Faszination: Sie ist geheimnisvoll, fremdartig, romantisch …«

»Romantisch?« fuhr Prinz Bolo auf und zog sein Schwert. »Infamer Wasser-Dschinn! Soll ich dich durchbohren? Du wagst es anzudeuten, meine Batcheat sei dorthin gegangen … der *Liebe* wegen?«

»Aber nein!« rief Wenn verängstigt. »Ich bitte tausendmal um Verzeihung und nehme alles zurück! Nichts für ungut!«

»In dieser Hinsicht brauchen Sie sich keinerlei Sorgen zu machen«, suchte Raschid Prinz Bolo schnell zu beschwichtigen, bis dieser langsam, sehr langsam das Schwert in die Scheide zurückschob. »Sie war von ihren Mägden begleitet und niemandem sonst. Die Mädchen kicherten über Plappergees Mauer, behaupteten, hingehen und sie berühren zu wollen. ›Ich möchte wissen, wie sie beschaffen ist, diese berühmte unsichtbare Wand‹, hörte ich sie sagen. ›Wenn das Auge sie nicht sehen kann, kann der Finger sie vielleicht fühlen, kann die Zunge sie vielleicht schmekken.‹ In diesem Moment ergriffen die Soldaten einer

Chupwala-Patrouille, die die Prinzessin unbemerkt beobachtet hatten und eindeutig durch ein Loch in der Mauer gekommen waren, die Damen und trugen ihre schreiende und um sich tretende Beute davon, in Richtung Chupwala-Zeltlager.«

»Was für ein Mann sind Sie eigentlich«, höhnte Prinz Bolo, »daß Sie sich nicht aus Ihrem Versteck gewagt und keinen Finger gerührt haben, um meine Batcheat vor diesem furchtbaren Schicksal zu bewahren?«

Das Walroß, der Sprecher und der General wirkten bei diesen Worten des Prinzen wieder einmal peinlich berührt, und Harun wurde rot vor Zorn. »Dieser Prinz da – wie kann er es nur wagen!« flüsterte er Wenn wütend zu. »Hätte er nicht dieses Schwert, ich würde ihn ... würde ihn ...«

»Ich weiß«, gab der Wasser-Dschinn flüsternd zurück. »Prinzen sind nun mal zuweilen so. Aber nur keine Angst. Wir lassen ihn ohnehin nie etwas wirklich Wichtiges tun.«

»Was wäre Ihnen denn lieber gewesen?« antwortete Raschid Prinz Bolo sehr würdevoll. »Daß ich, unbewaffnet, nur mit einem Nachthemd bekleidet und halbtot vor Kälte, wie ein romantischer Esel aus meinem Versteck hervorgebrochen wäre und mich von denen hätte erwischen und umbringen lassen? Wer hätte Ihnen dann wohl diese Nachricht gebracht, und wer könnte Ihnen nun den Weg zum Biwak der Chupwalas zeigen? O nein, Prinz Bolo, Sie können sich von mir aus als Held aufspielen, doch anderen Leuten ist die Vernunft wichtiger als Heldentum.«

»Sie sollten sich entschuldigen, Bolo«, riet der Parlamentssprecher dem Prinzen leise, und das tat dieser dann nach vielen finsteren Blicken und Drohgebärden schließlich auch. »Ich war zu voreilig«, gab er zu. »Ganz ehrlich, wir sind Ihnen für diese Nachricht überaus dankbar.«

»Da ist noch etwas«, fuhr Raschid fort. »Als die Chupwala-Soldaten die Prinzessin davonschleppten, hörte ich, wie sie etwas ganz Gräßliches sagten.«

»Was denn?« Schon wieder sprang Prinz Bolo auf. »Wenn die sie etwa beleidigt haben ...«

»›Das große Bezaban-Fest steht bevor‹, sagte einer von ihnen«, berichtete Raschid. »›Wie wär's, wenn wir zur Feier des Tages unserem Gott diese Guppee-Prinzessin zum Opfer bringen? Wir werden ihr die Lippen zunähen und sie in Stumme Prinzessin umbenennen – Prinzessin *Khamosh*.‹ Und sie lachten.«

Banges Schweigen senkte sich über den Thronsaal. Und natürlich war es Bolo, der als erster wieder das Wort ergriff: »Wir dürfen also keine Sekunde verlieren! Ruft sofort die Truppen zusammen – alle Buchseiten, jedes Kapitel, jeden Band! Zu Felde! Zu Felde! Für Batcheat, auf ewig Batcheat!«

»Für Batcheat und das Meer«, mahnte das Walroß.

»Ja, ja«, gab Prinz Bolo gereizt zurück, »das Meer, von mir aus. Selbstverständlich, natürlich, was soll's.«

»Wenn Sie wollen«, erbot sich Raschid der Geschichtenerzähler, »werde ich Sie zum Chupwala-Biwak führen.«

»Gut, der Mann!« rief Bolo erfreut und versetzte ihm

abermals einen Schlag auf den Rücken. »Ich habe Ihnen Unrecht getan; Sie sind ein Prachtkerl!«

»Wenn du unbedingt gehen mußt«, wandte sich Harun an seinen Vater, »glaub nur ja nicht, daß du mich hier zurücklassen kannst.«

Obwohl der unaufhörliche Sonnenschein von Gup Harun das seltsame Gefühl vermittelte, die Zeit stehe still, spürte er, daß er sehr müde war. Er konnte nicht verhindern, daß sich seine Lider langsam über die Augen senkten; und dann wurde sein ganzer Körper von einem so gigantischen Gähnen gepackt, daß es niemandem in diesem erhabenen Thronsaal entging. Raschid Khalifa erkundigte sich, ob man Harun für die Nacht ein Bett zuweisen könne, und so wurde Harun trotz seiner Proteste (»Ich bin *überhaupt* nicht müde – ehrlich!«) ins Bett verfrachtet. Die Buchseite Plaudertasch erhielt Befehl, ihn auf sein Zimmer zu begleiten. Plaudertasch führte Harun durch endlose Korridore, Treppen hinauf, Treppen hinunter, durch weitere Korridore, durch Türöffnungen, um Ecken herum, durch Innenhöfe, über Balkone und wieder durch endlose Korridore. Und unterwegs ließ der kleine Soldat (der sich offenbar keine Sekunde länger zurückzuhalten vermochte) genüßlich eine Anti-Batcheat-Tirade vom Stapel. »Törichtes Mädchen«, sagte Plaudertasch. »Also, wenn *meine* Anverlobte entführt würde, weil sie so verrückt ist, sich in die Schattenzone vorzuwagen, nur um die Sterne am Himmel anstaunen und, schlimmer noch, diese dämliche Mauer anfassen zu können – verdammt noch mal, nicht mal im Traum würde ich dran denken, einen Krieg anzufangen, nur um sie zurückzukriegen! Glückliche Reise, würde ich sagen, vor allem mit *der* Nase und mit *den* Zähnen, ganz zu schweigen von ihrem Gesang, du kannst dir nicht vorstellen, wie grauenvoll der ist, und statt sie einfach vergammeln zu lassen, ziehen wir alle los, um sie zu retten, und werden vermutlich umgebracht, weil wir im Dunkeln nicht richtig sehen können …«

»Wann kommen wir endlich zu meinem Schlafzimmer?« erkundigte sich Harun. »Ich weiß nämlich nicht, wie lange ich das noch aushalten kann.«

»Und diese Uniformen! Du willst doch sicher mehr über die Uniformen erfahren, nicht wahr?« fuhr Plaudertasch fort, ohne auf Haruns Einwurf zu achten, und marschierte dabei energischen Schrittes weiter durch Korridore, über Wendeltreppen und durch enge Gänge. »Also, was *glaubst* du wohl, wer sich die ausgedacht hat? *Sie* natürlich, diese dämliche Batcheat! Hat sich kurzerhand entschlossen, sich um die Garderobe der Soldaten des königlichen Haushalts zu kümmern und uns als wandelnde Liebesbriefe zu verkleiden! Das war ursprünglich die Idee; nachdem wir jedoch eine Ewigkeit lang *Bussi-Bussi-*, *Schmusebär-* und ähnlich Übelkeit erregende Texte tragen mußten, hat sie sich's anders überlegt und sämtliche berühmten Geschichten der Welt so umschreiben lassen, als wäre ihr Bolo der Held darin. Deswegen heißt es jetzt statt Aladin, Ali Baba und Sindbad immer nur Bolo, Bolo, Bolo! Ist das zu fassen? Die Leute von Gup City lachen uns ins *Ge-*

sicht, ganz zu schweigen von dem, was sie hinter unserem *Rücken* tun!«

Gleich darauf blieb Plaudertasch mit triumphierendem Lächeln vor einem überaus imponierenden Portal stehen und verkündete: »Dein Schlafzimmer.« Woraufhin die Flügeltüren von innen aufgestoßen wurden, Wachtposten sie bei den Ohren packten und ihnen befahlen, sofort zu verschwinden, sonst würden sie in den tiefsten Kerker des Palastes geworfen, da sie sich vor dem Schlafgemach König Plappergees höchstpersönlich befänden.

»Wir haben uns verlaufen, nicht wahr?« erkundigte sich Harun.

»Na ja, es ist ein sehr verwinkelter Palast, und wir haben uns ein bißchen verirrt«, gestand Plaudertasch. »Aber haben wir uns nicht wunderbar unterhalten?«

Diese Bemerkung empörte Harun so sehr, daß er, zutiefst erschöpft, wie er war, eher spielerisch mit der Hand nach Plaudertasch schlug und ihm dabei zufällig die kastanienbraune Samtkappe vom Kopf streifte ... das heißt nicht *ihm*, sondern *ihr*, denn als die Kappe zu Boden fiel, ergoß sich eine wahre Flut glänzend schwarzer Haare über Plaudertaschs Schultern. »Warum hast du das getan?« jammerte der kleine Soldat. »Damit hast du alles verdorben!«

»Du bist ein Mädchen!« stellte Harun überflüssigerweise fest.

»Psst!« zischte Plaudertasch, während sie ihre Haare wieder unter die Kappe stopfte. »Willst du, daß die mich rausschmeißen?« Sie zerrte Harun in eine kleine

Nische und schloß einen Vorhang, der sie vor neugierigen Blicken verbarg. »Glaubst du vielleicht, es ist so einfach für ein Mädchen, einen solchen Job zu kriegen? Weißt du nicht, daß Mädchen die Leute ihr Leben lang, Tag für Tag, an der Nase rumführen müssen, wenn sie was erreichen wollen? Dir hat man vermutlich dein ganzes Leben auf dem Silbertablett serviert, vermutlich sogar mit einem ganzen Mund voll Silberlöffeln dazu, aber unsereins muß eben kämpfen.«

»Soll das heißen, nur weil du ein Mädchen bist, darfst du kein Soldat sein?« fragte Harun schon halb im Schlaf.

»*Du* tust vermutlich alles, was man dir sagt«, gab Plaudertasch hitzig zurück. »*Du* ißt vermutlich stets deinen Teller leer, sogar den Blumenkohl. *Du* ...«

»Aber wenigstens versage ich nicht bei so einfachen Aufgaben wie der, jemandem sein Schlafzimmer zu zeigen«, fiel Harun ihr ins Wort. Zu seiner Verwunderung verzog Plaudertasch das Gesicht zu einem breiten, spitzbübischen Grinsen. »*Du* gehst vermutlich brav zu Bett, wenn man dich dazu auffordert«, sagte sie. »Und *dich* würde es bestimmt nicht interessieren, durch diesen Geheimgang hier aufs Dach des Palastes hinaufzuklettern.«

Und so kam es, daß Harun, nachdem Plaudertasch in der reich geschnitzten Holztäfelung an einer der geschwungenen Wände des Alkovens einen verborgenen Knopf gedrückt hatte und sie die Treppe hinaufgestiegen waren, die hinter der zur Seite gleitenden Täfelung zum Vorschein kam, auf dem flachen Dach des Palastes in der – natürlich immer noch strahlenden – Sonne saß und unten das Land Gup mit seinen Lustgärten liegen sah, wo inzwischen Vorbereitungen für den Krieg getroffen wurden, dahinter die Lagune, in der sich eine riesige Flottille mechanischer Vögel versammelte, und noch weiter draußen das gefährdete Meer der Geschichtenströme. Und auf einmal entdeckte Harun, daß er sich in seinem ganzen Leben noch nie so lebendig gefühlt hatte, obwohl er doch meinte, jeden Moment vor Müdigkeit umsinken zu müssen. Genau in diesem Augenblick zog Plaudertasch wortlos drei weiche Bälle aus goldener Seide aus einer ihrer Taschen, warf sie so hoch in die Luft, daß sie das Sonnenlicht einfingen, und begann mit ihnen zu jonglieren.

Sie jonglierte hinter ihrem Rücken, über und unter dem Bein, mit geschlossenen Augen und sogar im Liegen, bis es Harun vor Bewunderung die Sprache verschlug. Immer wieder warf sie die Bälle hoch in die Luft, um in eine ihrer Taschen zu greifen und weitere weiche, goldene Bälle hervorzuholen, bis sie erst mit neun, dann mit zehn und schließlich mit elf Bällen spielte. Und jedesmal, wenn Harun dachte, die kann sie unmöglich alle in der Luft halten, fügte sie ihrer wirbelnden Galaxie aus weichen, seidigen Sonnen wieder neue Bälle hinzu.

Verwundert dachte Harun, daß Plaudertaschs Kunstfertigkeit ihn an die großen Auftritte seines Vaters Raschid Khalifa erinnerte, des Schahs von Bla. »Ich war

immer der Meinung, daß es mit dem Geschichtenerzählen ganz ähnlich ist wie mit dem Jonglieren«, brachte er nach langem Staunen schließlich doch noch heraus. »Man wirft eine Menge verschiedener Geschichten in die Luft, jongliert mit ihnen, und wenn man gut ist, läßt man keine einzige fallen. Also ist es mit dem Jonglieren vielleicht auch so wie mit dem Geschichtenerzählen.«
Plaudertasch zuckte die Achseln, fing ihre goldenen Bälle auf und verstaute sie in ihren Taschen. »Davon verstehe ich nichts«, erklärte sie. »Ich wollte dir nur zeigen, mit wem du's hier eigentlich zu tun hast.«

Viele Stunden später erwachte Harun in einem verdunkelten Raum (sie hatten sein Schlafzimmer schließlich doch noch gefunden, nachdem sie einen anderen Soldaten, der auch wie eine Buchseite aussah), um Hilfe gebeten hatten, und Harun war kaum fünf Sekunden nachdem Plaudertasch die schweren Vorhänge zugezogen und ihm gute Nacht gesagt hatte, fest und friedlich eingeschlafen. Jemand saß auf seiner Brust; jemand hatte die Hände um seinen Hals gelegt und drückte fest zu.
Es war Plaudertasch. »Aufstehen!« flüsterte sie fast drohend. »Und wenn du *irgend jemandem* von mir erzählst, werde ich das nächste Mal, wenn du schläfst, *nicht* aufhören zu drücken. Du bist vielleicht ein braver Junge, aber ich kann wirklich ein *sehr* böses Mädchen sein.«
»Ich sage nichts, Ehrenwort«, brachte Harun mühsam

keuchend heraus. Daraufhin löste Plaudertasch den Griff und grinste. »Du bist okay, Harun Khalifa«, erklärte sie. »Und jetzt schnell raus aus dem Bett, sonst werde ich dich an den Haaren packen und rausschleifen. Wir müssen uns zum Dienst melden. Im Lustgarten steht die Armee abmarschbereit.«

SIEBTES KAPITEL

IN DER SCHATTENZONE

Schon wieder eine Prinzessin-Rettungsgeschichte, in die ich reingezogen werden, dachte Harun und gähnte verschlafen. Ich frage mich, ob diese etwa auch so schlecht ausgehen wird. Lange brauchte er sich das nicht zu fragen. »Übrigens«, sagte Plaudertasch beiläufig, »ich habe mir – auf die *dringende Bitte* eines gewissen Wasser-Dschinns – die bescheidene Freiheit erlaubt, den Abschalter unter deinem Kopfkissen an mich zu nehmen, den du gestohlen hast, ohne auch nur mit der Wimper zu zucken.«

Entsetzt durchwühlte Harun sein Bettzeug, aber der Abschalter war verschwunden und mit ihm die Chance, eine Unterredung mit dem Walroß zu erzwingen, damit Raschids Erzählwasser-Abonnement erneuert würde ... »Ich dachte, du seist meine Freundin«, gab er vorwurfsvoll zurück. Plaudertasch zuckte gleichmütig die Achseln. »Dein Plan ist ohnehin sinnlos geworden«, erwiderte sie. »Wenn hat mir alles darüber erzählt. Dein Vater ist inzwischen selber hier und kann seine Probleme persönlich lösen.«

»Das verstehst du nicht«, sagte Harun bedrückt. »Ich hätte ihm so gern den Gefallen getan.«

Im Lustgarten schmetterten Trompeten. Sofort sprang Harun aus dem Bett und lief ans Fenster. Tief unten im Garten herrschte große Unruhe unter den Buchseiten, genauer gesagt *Seitengeraschel*. Hunderte und Aberhunderte von papierdünnen Gestalten in rechteckigen Uniformen, die tatsächlich genauso raschelten wie Papier (nur sehr viel lauter), hasteten in hektischem Durcheinander kreuz und quer durch den Garten, stritten über die genaue Reihenfolge, in der sie sich aufzustellen hatten, und riefen etwa: »Ich komme vor dir!« Oder: »Sei nicht albern, das wäre unlogisch! Ist doch ganz eindeutig, daß *ich* vor *dir* komme ...«

Da alle Buchseiten, wie Harun feststellte, numeriert waren, hätte es eigentlich recht einfach sein müssen, die Reihenfolge festzulegen; das erklärte er auch Plaudertasch. Die antwortete ihm jedoch: »Hier in der realen Welt sind die Dinge eben nicht immer so einfach, Mister. Da es zahlreiche Seiten mit denselben Nummern gibt, müssen sie nachsehen, zu welchem Kapitel sie gehören, zu welchem Band und so weiter. Außerdem kommen immer wieder Irrtümer bei den Uniformen vor, wodurch sie dann überhaupt die falsche Nummer haben.«

Harun sah zu, wie die Seiten sich aus purem Trotz gegenseitig anrempelten, sich stritten, die Fäuste schüttelten und einander ein Bein stellten. Er erklärte: »Das scheint mir aber keine besonders disziplinierte Armee zu sein.«

»Man sollte ein Buch nicht nach dem Einband beurteilen«, fuhr Plaudertasch ihn an und verkündete (augenscheinlich ein wenig verstimmt), es sei schon spät, sie könne nicht mehr auf Harun warten; und Harun mußte natürlich, immer noch in seinem roten Nachthemd mit den lila Flicken, hinter ihr herlaufen, ohne sich die Zähne geputzt oder die Haare gekämmt und ohne auch nur die Zeit gehabt zu haben, sie auf mehrere Schwachstellen in ihrer Argumentation hinzuweisen. Während die beiden durch lange Korridore liefen, Treppen hinauf und Treppen hinunter, durch Galerien, quer über Innenhöfe und wieder durch endlose Korridore, keuchte Harun: »Erstens habe ich keineswegs ›das Buch nach seinem Einband beurteilt‹, wie du behauptest, weil ich nämlich alle Seiten gesehen habe, und zweitens ist dies alles andere als die reale Welt.«

»Ach, wirklich?« erwiderte Plaudertasch pikiert. »Das ist das Problem mit euch armseligen Stadtfräcken: Ihr glaubt, um real zu sein, müsse ein Ort so trostlos und stinklangweilig sein wie abgestandenes Wasser.«

»Würdest du mir einen Gefallen tun?« erkundigte sich Harun keuchend. »Würdest du jemanden nach dem Weg fragen?«

Als sie endlich im Garten eintrafen, hatte die Guppee-Armee (oder -Bibliothek) inzwischen den Vorgang der sogenannten Pagination und Kollation – das heißt, des Antretens in geordneten Reihen – beendet, dessen Beginn Harun von seinem Schlafzimmerfenster aus beobachtet hatte. »Bis später«, flüsterte Plaudertasch und lief zu den königlichen Buchseiten in ihren kastanienbraunen Samtkappen hinüber, die stramm neben Prinz Bolo Aufstellung genommen hatten, während Hoheit schneidig, aber ein bißchen töricht auf seinem tänzelnden mechanischen Flügelroß saß.

Gleich darauf entdeckte Harun seinen Vater. Raschid

hatte anscheinend auch verschlafen, denn seine Haare waren, genau wie die Haruns, noch immer zerzaust, und er trug nichts weiter als sein etwas zerknittertes, angeschmutztes blaues Nachthemd.

Neben Raschid Khalifa stand in einem kleinen Pavillon mit tanzenden Springbrunnen der blaubärtige Wasser-Dschinn Wenn und winkte Harun fröhlich mit dem Abschalter in der Hand zu.

Harun legte einen kurzen Sprint ein und erreichte Raschid und Wenn gerade noch rechtzeitig. » … eine große Ehre, Sie kennenzulernen«, sagte Wenn soeben zu Raschid. »Vor allem, da es jetzt nicht mehr nötig ist, Sie als Vater eines kleinen Langfingers zu bezeichnen.« Raschid krauste verständnislos die Stirn, aber da war Harun schon bei ihnen angelangt und sagte hastig: »Das erkläre ich dir später«, wobei er Wenn einen Blick zuwarf, der ihn umgehend zum Schweigen brachte. Um das Thema zu wechseln, fuhr Harun fort: »Möchtest du vielleicht meine *anderen* neuen Freunde kennenlernen, Dad? Die *wirklich* interessanten, meine ich?«

»Für Batcheat und das Meer!«

Die Guppee-Streitmacht war abmarschbereit. Die Buchseiten hatten langgestreckte Truppentransportvögel bestiegen, die in der Lagune auf sie warteten; die Schwimmenden Gärtner und Vielmaulfische hatten sich ebenfalls formiert, und die Wasser-Dschinns auf ihren verschiedenen Flugmaschinen strichen sich ungeduldig die Schnurrbärte. Raschid Khalifa nahm hinter Wenn und Harun auf Aber dem Wiedehopf Platz. Mali, Goopy und Bagha hielten sich an ihrer Seite. Harun machte sie alle mit seinem Vater bekannt, dann starteten sie mit lautem Geschrei zu ihrem todesmutigen Feldzug.

»Wie dumm, daß wir nicht passender gekleidet sind«, bedauerte Raschid. »In diesen Nachthemden werden wir in wenigen Stunden erfroren sein.«

»Zum Glück«, entgegnete der Wasser-Dschinn, »hab ich ein paar Laminierungen mitgebracht. Harun, wenn du sehr brav bitte und danke sagst, werde ich euch einige davon abgeben.«

»Sehr brav bitte und danke«, sagte Harun schnell.

Die Laminierungen entpuppten sich als hauchdünne, durchsichtige Gewänder, glänzend wie Libellenflügel. Harun und Raschid zogen sich lange Hemden und dazu passende lange Hosen über ihre Nachthemden. Zu ihrem Erstaunen lagen die Laminierungen so eng an ihren Nachthemden und Beinen an, daß diese überhaupt nicht mehr zu sehen waren. Nur einen schwachen Schimmer vermochte Harun auf seinen Kleidern und seiner Haut wahrzunehmen, der zuvor nicht dagewesen war.

»Jetzt werdet ihr die Kälte nicht mehr spüren«, versicherte Wenn.

Mittlerweile hatten sie die Lagune verlassen, und Gup City versank immer mehr in der Ferne; der Wiedehopf hielt mit den anderen mechanischen Vögeln mit, die so schnell dahinrasten, daß rings um sie herum wild schäumende Gischt aufstob. Wie schnell sich das Leben doch verändert, sinnierte Harun. Letzte Woche war ich noch ein Junge, der in seinem ganzen Leben noch niemals Schnee gesehen hat, und nun sitze ich hier, unterwegs zu einer Eiswüste, wo niemals die Sonne scheint, mit nichts am Leib außer meinem Nachthemd und irgendeinem seltsamen Zeug, das mir als einziger Schutz vor der furchtbaren Kälte dient. Von der Bratpfanne ins Feuer, könnte man sagen.

»Lächerlich«, schalt Aber der Wiedehopf, der Haruns Gedanken las. »Vom Kühlschrank in die Gefriertruhe, meinst du wohl.«

»Es ist unglaublich!« rief Raschid Khalifa verblüfft. »Er hat gesprochen, ohne den Schnabel zu bewegen!«

Die Guppee-Armee war auf dem Marsch. Nach und nach wurde Harun auf ein Geräusch aufmerksam, das als leises Summen begonnen hatte und allmählich zu dumpfem Gemurmel und schließlich zu grollendem Donner anwuchs. Es dauerte eine Weile, bis ihm klar wurde, daß dieses Geräusch von den Guppees kam, die unentwegt Nonstop-Diskussionen führten und dabei stetig an Lautstärke zulegten. Auf dem Wasser trägt der Schall sehr weit, erinnerte Harun sich, doch dieser Schall hätte sogar in einer trockenen, kahlen Wüste weit getragen. Wasser-Dschinns, Schwimmende Gärtner, Vielmaulfische und Buchseiten debattierten lautstark über die Strategie, nach der sie vorzugehen hatten.

Goopy und Bagha äußerten sich genauso freimütig über das Thema wie die anderen Vielmaulfische, und ihr blubberndes Gezeter über die Sachlage wurde lauter, je mehr sie sich der Schattenzone und dem Land Gup dahinter näherten:

»Batcheat retten – jetzt noch nicht!«
»Das Meer zu retten ist unsere Pflicht!«
»Das ist der Plan, den wir erdacht ...«
» ... zu sehen, wer das Gift gemacht!«
»Das Meer zu retten, geschwind, geschwind ...«
» ... ist wichtiger als ein Königskind.«

Harun war tief betroffen. »Das hört sich in meinen Ohren aber mehr als subversiv an«, meinte er, und Wenn, Goopy, Bagha und Mali fanden das äußerst interessant. »Was ist subversiv?« erkundigte sich Wenn neugierig. »Ist das eine Pflanze?« fragte Mali.

»Das versteht ihr nicht«, versuchte Harun zu erklären. »Das ist ein Adjektiv.«

»Unsinn!« widersprach der Wasser-Dschinn. »Adjektive können nicht reden.«

»Man sagt doch auch ›ein sprechender Beweis‹«, wandte Harun ein (diese endlose Diskutiererei ringsum schien ansteckend zu wirken), »warum also sollen nicht auch Adjektive sprechen? Und was das betrifft, warum eigentlich nicht alles?«

Die anderen verstummten einen Moment lang verdrossen, dann wechselten sie kurzerhand das Thema und kehrten zum Problem des Tages zurück: Was hatte den Vorrang – Batcheats Rettung oder das Meer? Doch Raschid Khalifa zwinkerte seinem Sohn verständnisinnig zu, und Harun fühlte sich sofort erleichtert.

Unter den Truppentransportvögeln schien ein Streit ausgebrochen zu sein. Ihr Lärmen wehte über das Wasser herüber: »Ich sage euch, das wird ein Metzgergang, wenn wir Batcheat retten wollen!« – »Jawohl, und wie ein Metzger sieht sie auch aus.« – »Wie kannst du's wagen, Sirrah? Schließlich handelt es sich um unsere allseits geliebte Prinzessin, die zukünftige holde Braut unseres verehrten Prinzen Bolo!« – »Hold? Hast du vielleicht ihre Stimme vergessen, ihre Nase und ihre Zähne ...?« – »Okay, okay. Hören wir auf.«

Wie Harun feststellte, eilte der alte General Kitab persönlich auf einem mechanischen Flügelpferd, ähnlich dem Bolos, von einem Truppentransportvogel zum anderen, um den Anschluß an die verschiedenen Diskussionen nicht zu verpassen; und so groß war die Freiheit, derer sich die Buchseiten und alle übrigen Bürger von Gup zu erfreuen schienen, daß es den alten General nicht im geringsten störte, sich diese beleidigenden und aufrührerischen Tiraden anzuhören, ja, er zuckte nicht mal mit der Wimper. Es schien Harun sogar, als provoziere der General gelegentlich derartige Diskussionen, an denen er dann voller Begeisterung teilnahm, wobei er mal die eine, dann jedoch wieder (aus purer Lust am Widerspruch) genau die gegenteilige Meinung vertrat.

»Was für eine Armee«, sinnierte Harun laut. »Wenn sich die Soldaten auf der Erde so verhielten, kämen sie sofort vors Kriegsgericht.«

»Aber, aber, aber es hat doch keinen Sinn, den Leuten

Redefreiheit zu gewähren«, wandte Aber der Wiedehopf ein, »wenn man ihnen anschließend verbietet, Gebrauch davon zu machen! Und ist nicht die Macht der Sprache die größte Macht? Also muß sie doch wohl in vollem Umfang ausgeübt werden, nicht wahr?«

»Dann wird sie heute aber ganz schön weitgehend ausgeübt«, gab Harun zurück. »Ich glaube, ihr Guppees könntet nicht mal ein Geheimnis bewahren, wenn's dabei um euer Leben ginge.«

»Aber wir können Geheimnisse *verraten*, wenn's um unser Leben geht«, erklärte Wenn. »Ich zum Beispiel kenne eine Menge höchst interessanter und pikanter Geheimnisse.«

»Ich ebenfalls«, sagte Aber der Wiedehopf, ohne den Schnabel zu bewegen. »Fangen wir an?«

»O nein«, lehnte Harun rundheraus ab, »wir werden nicht anfangen.« Raschid, sein Vater, bog sich vor Lachen. »Nun sieh einer an, der junge Harun Khalifa«, kicherte er. »Ein paar verflixt komische Freunde hast du dir da zugelegt.«

Und so zog die Guppee-Armee munter dahin, während alle ihre Mitglieder eifrig damit beschäftigt waren, General Kitabs geheimste Schlachtpläne durchzuhecheln (die er natürlich bereitwillig jedem erklärte, der danach fragte). Seine Pläne wurden analysiert, spezifiziert, inspiziert, seziert, erwogen, gelobt, getadelt und sogar, nach endlosen Erörterungen, gutgeheißen. Und als Raschid Khalifa, der allmählich genauso am Nutzen all dieses Hin- und Hergeredes zu zweifeln begann wie Harun, es wagte, dessen Sinn in Frage zu stellen, fingen Wenn, Aber, Mali, Goopy und Bagha sofort an, über diesen neuen Aspekt mit ebenso viel Energie und Leidenschaft zu debattieren wie zuvor über die anderen Probleme.

Lediglich Prinz Bolo blieb unbeteiligt. Der Prinz ritt auf seinem mechanischen Flügelroß an der Spitze der Guppee-Streitkräfte am Himmel dahin, ohne ein Wort zu sprechen, ohne nach rechts oder links zu sehen, den Blick stets geradeaus auf den fernen Horizont gerichtet. Für ihn schien es nicht den geringsten Zweifel zu geben: Zuerst kam Batcheat, und damit basta!

»Wie kommt es nur«, erkundigte sich Harun, »daß Bolo seiner Sache so sicher ist, während jeder andere Guppee in dieser Armada ewig zu brauchen scheint, bis er sich eine Meinung über irgend etwas gebildet hat?«

Es war Mali der Schwimmende Gärtner, der ihm mit blumiger Stimme durch seine fleischigen, fliederfarbenen Lippen antwortete, während er mit großen Schritten neben ihm her über das Wasser marschierte.

»Das macht die Liebe«, erklärte ihm Mali. »Das alles bewirkt einzig die Liebe, die eine ganz wunderbare und schneidige Angelegenheit ist. Aber sie kann auch etwas sehr Törichtes sein.«

Das Licht nahm anfangs allmählich, dann jedoch immer schneller ab. Sie befanden sich in der Schattenzone!

Als Harun in die Ferne blickte, wo sich die Dunkelheit

wie eine Gewitterwolke zusammenballte, spürte er, wie ihm der Mut zu sinken begann. Was können wir, dachte er verzweifelt, mit unserer seltsamen Armada in dieser Welt ausrichten, in der es noch nicht mal genügend Licht gibt, um den Feind richtig sehen zu können? Je mehr sie sich der Küste des Landes Gup näherten, desto erschreckender war der Gedanke an die Chupwala-Armee. Dies war ein reines Selbstmord-Kommando, davon war Harun jetzt überzeugt; sie würden besiegt werden, Batcheat würde zugrunde gehen, das Meer irreparabel geschädigt und alle Geschichten endgültig abgeschlossen sein. Der Himmel, der jetzt trübe und tief purpurfarben war, spiegelte Haruns fatalistische Stimmung genau wider.

»Aber, aber, aber das darfst du nicht zu ernst nehmen«, warnte ihn Aber der Wiedehopf freundlich. »Du leidest an einem Herzschatten. Das passiert den meisten Leuten, die zum erstenmal die Schattenzone und die Finsternis dahinter sehen. Ich leide natürlich nicht daran, weil ich schließlich gar kein Herz habe: übrigens ein weiterer Vorteil der Maschinen. Aber, aber, aber nur keine Angst! Du wirst dich akklimatisieren. Es geht vorüber.«

»Um es von der positiven Seite zu betrachten«, warf Raschid Khalifa ein, »diese Laminierungen funktionieren tatsächlich. Ich spüre überhaupt nichts von der Kälte.«

Goopy und Bagha husteten und blubberten immer stärker. Inzwischen war die Küste von Chup in Sicht gekommen, ein wahrhaft trostloser Anblick; und das Meer der Geschichtenströme war in diesen Küstengewässern so verschmutzt, wie Harun es noch nirgendwo sonst gesehen hatte. Das Gift schien die Farben der Geschichtenströme zu dämpfen, sie so stumpf zu machen, daß sie fast grau wirkten; dabei fungierten die Farben als Code, der die besten Eigenschaften der Geschichten dieser Ströme wiedergab: ihre Kraft, ihre Leichtigkeit und Vitalität. Somit fügte der Verlust der Farbe ihnen furchtbaren Schaden zu, und, schlimmer noch, das Meer hatte in diesen Regionen einen großen Teil seiner Wärme verloren. Hier stieg nicht mehr der feine, weiche Dampf von den Wassern auf, der jeden mit phantastischen Träumen umfing; hier waren sie kühl, wenn man sie berührte, und klamm überdies.

Das Gift begann das ganze Meer auszukühlen.

Goopy und Bagha gerieten in Panik:

»Das wird uns töten *(blubb, hust!)*, und zwar bald!«

»Bleibt dieses Meer *(hust, blubb!)* so eisig kalt!«

Dann war es soweit: Sie landeten an der Küste von Chup. An diesem Schattenstrand sang kein einziger Vogel. Kein Lüftchen regte sich. Keine Stimme ertönte. Die Füße machten kein Geräusch auf den Steinen, als seien die Kiesel mit einem unbekannten, schallschluckenden Material überzogen. Die Luft roch abgestanden und faulig. Dornbüsche wucherten um weißrindige, blattlose Bäume, die wie bleiche Gespenster wirkten. Die vielen Schatten schienen lebendig zu sein. Dennoch wurden die Guppees bei ihrer Landung nicht angegriffen: kein Scharmützel auf dem Kieselstrand, keine Bogenschützen in den Büschen, ringsum nichts als Stille und Kälte. Das Schweigen und die Finsternis schienen geduldig abzuwarten.

»Je tiefer sie uns in die Finsternis hineinlocken, desto größer ist ihr Vorteil uns gegenüber«, sagte Raschid mit gedämpfter Stimme. »Und sie wissen, daß wir kommen werden, weil sie Prinzessin Batcheat haben.«

Ich hatte gedacht, die Liebe überwinde alles, sinnierte Harun; in diesem Fall sieht es für mich aber eher aus, als könnte sie uns alle zu Narren – oder zu Hackfleisch – machen.

Ein Brückenkopf wurde gebildet, und für das erste Guppee-Biwak wurden Zelte errichtet. General Kitab und Prinz Bolo befahlen Plaudertasch, Raschid Khalifa zu holen. Und Harun, der sich darauf freute, den kleinen Soldaten wiederzusehen, schloß sich neugierig dem Vater an.

»He, Geschichtenerzähler!« schwadronierte Bolo auf seine überhebliche Art. »Nun ist die Stunde gekommen, da du uns zu den Zelten der Chupwalas führen mußt. Große Dinge stehen bevor! Batcheats Befreiung darf nicht länger aufgeschoben werden!«

Auf leisen Sohlen schlichen Harun und Plaudertasch zusammen mit dem General, dem Prinzen und dem Schah von Bla kurze Zeit darauf durch die Dornbüsche, um die Umgebung zu erkunden. Nach einer Weile blieb Raschid stehen und wies nach vorn, ohne ein einziges Wort zu sagen.

Vor ihnen lag eine kleine Lichtung. Und mitten auf dieser kahlen Schneise befand sich ein Mann, der fast

genauso aussah wie ein Schatten und ein Schwert hielt, dessen Klinge so dunkel war wie die Nacht. Der Mann war allein, wirbelte und sprang jedoch unablässig hin und her und schwang dabei sein Schwert, als müsse er mit einem unsichtbaren Gegner kämpfen. Und als sie vorsichtig näher schlichen, entdeckte Harun, daß der Mann tatsächlich mit einem Gegner kämpfte: seinem *eigenen Schatten*, der sich mit ebenso großer Energie, Konzentration und Geschicklichkeit zur Wehr setzte.
»Seht nur«, flüsterte Harun, »der Schatten macht ganz andere Bewegungen als der Mann!« Raschid brachte ihn mit einem Blick zum Schweigen, doch was Harun gesagt hatte, traf zu: Der Schatten besaß ganz eindeutig einen eigenen Willen. Er duckte, drehte und streckte sich, bis er so lang war wie ein Schatten, der von den letzten Strahlen der untergehenden Sonne geworfen wird, um sich gleich darauf so eng zusammenzuziehen wie ein Schatten um zwölf Uhr mittags, wenn die Sonne senkrecht am Himmel steht. Sein Schwert wurde ebenfalls abwechselnd länger und kürzer, sein Körper drehte, wendete und veränderte sich ständig. Wie soll man einen solchen Gegner jemals besiegen können? dachte Harun.
Der Schatten war an den Füßen mit dem Krieger verbunden, davon abgesehen aber schien er sich absolut selbständig zu bewegen. Es war, als habe ihm das Leben im Land der Finsternis, als Schatten im Schutz der Schatten, Kräfte verliehen, von denen die Schatten einer normal beleuchteten Welt nicht mal zu träumen wagten. Es war ein überwältigender Anblick!

Doch auch der Krieger bot ein beeindruckendes Bild. Das lange, glatte Haar hing ihm als dicker Pferdeschwanz bis über die Taille hinab. Sein Gesicht war grün geschminkt, mit scharlachroten Lippen, stark betonten schwarzen Brauen und Augen und weißen Streifen auf beiden Wangen. Die schwere Rüstung aus Lederplatten und dicken Bein- und Schulterpolstern ließ ihn noch größer wirken, als er wirklich war. Und seine athletische Kunstfertigkeit im Schwertkampf übertraf alles, was Harun jemals gesehen hatte. Egal, welche Tricks sein Schatten anwandte, der Krieger war ihnen spielend gewachsen. Und als sie einander so Fuß an Fuß bekämpften, begann Harun ihren Kampf allmählich als einen Tanz von großer Schönheit und Grazie zu sehen, dargeboten in absoluter Lautlosigkeit, denn die Begleitmusik ertönte höchstens in den Körpern der Tänzer selbst.

Dann jedoch sah Harun auf einmal die Augen des Kriegers, und eine eisige Faust umklammerte sein Herz. Wie furchterregend diese Augen waren! Statt weißer Augäpfel hatte der Krieger *schwarze*, die Iris war grau wie die Dämmerung und die Pupille so weiß wie Milch. Kein Wunder, daß die Chupwalas das Dunkel lieben, sagte sich Harun. Im Sonnenschein müssen sie so blind sein wie Fledermäuse, weil ihre Augen genau umgekehrt sind, ähnlich einem Filmnegativ, das man vergessen hat zu kopieren.

Während er dem Schattenkrieger bei seinem Kriegstanz zusah, dachte Harun über dieses seltsame Abenteuer nach, in das er verwickelt worden war. Wie viele

Gegensätze bekriegen sich doch in diesem Kampf zwischen Gup und Chup, überlegte er. Gup ist hell, Chup ist dunkel. Gup ist warm, Chup ist eiskalt. Gup besteht ganz aus Plappern und Lärm, während Chup so still ist wie ein Schatten. Die Guppees lieben das Meer, die Chupwalas wollen es vergiften. Die Guppees lieben Geschichten und Reden, während die Chupwalas all diese Dinge anscheinend leidenschaftlich hassen. Es war ein Krieg zwischen Liebe (zum Meer, zur Prinzessin) und Tod (den der Kultmeister Khattam-Shud nicht nur für das Meer, sondern auch für die Prinzessin plante).

Aber so einfach ist es nicht, ermahnte sich Harun, denn der Tanz des Schattenkriegers bewies ihm, daß dem Schweigen eine ganz eigene Art von Grazie und Schönheit innewohnte (genau wie das Reden ungraziös und häßlich sein konnte), daß Taten ebenso nobel sein konnten wie Worte; und daß Kreaturen der Finsternis ebenso anmutig sein konnten wie Kinder des Lichts. Wenn Guppees und Chupwalas einander nicht so sehr hassen würden, sagte er sich, könnten sie einander vielleicht sogar recht interessant finden. Wie sagt man doch: Gegensätze ziehen sich an.

In diesem Moment erstarrte der Schattenkrieger, richtete den Blick seiner fremdartigen Augen auf den Busch, hinter dem sich die Guppee-Patrouille versteckt hatte, und schickte ihnen dann seinen Schatten entgegen. Dieser dehnte und dehnte sich, bis er sie mit seinem hoch erhobenen, überlang gewordenen Schwert riesengroß überragte, während der Schattenkrieger selbst sein Schwert in die Scheide zurücksteckte (was keinerlei Auswirkung auf den Schatten hatte) und mit langsamen Schritten auf ihr Versteck zukam. Er fuchtelte so heftig mit den Händen, daß es einem Tanz der Wut oder des Hasses glich. Immer schneller, immer nachdrücklicher wurden die Handbewegungen; und schließlich ließ er mit einer Bewegung, die möglicherweise Abscheu ausdrückte, die Hände sinken und begann (entsetzlichster aller Schrecken!) zu sprechen.

ACHTES KAPITEL

DIE SCHATTENKRIEGER

Vor lauter Anstrengung, Laute zu produzieren, verzerrte sich das ohnehin schon fremdartige Gesicht des Schattenkriegers (grüne Haut, scharlachrote Lippen, weißgestreifte Wangen usw.) zu wahrhaft schreckenerregenden Fratzen. »Gogogol«, gurgelte er. »Kafkafka«, hustete er.

»He! Was ist das? Was sagt der Kerl?« fragte Prinz Bolo lauthals. »Ich kann kein einziges Wort verstehen.«

»Was für ein Wichtigtuer, verdammt!« zischelte Plaudertasch Harun ins Ohr. »Unser Bolo! Reißt die Klappe so weit auf, weil er glaubt, dann merken wir nicht, daß er sich vor Angst in die Hosen macht!«

Harun fragte sich, warum Plaudertasch nicht den Dienst bei Prinz Bolo quittierte, wenn sie eine so schlechte Meinung von diesem Gentleman hatte, hielt aber doch lieber den Mund; zum Teil, weil er nicht wollte, daß sie über *ihn* etwas so Bissiges und Verächtliches sagte; zum Teil, weil er sie inzwischen recht gern hatte und ihre Meinung daher für ihn okay war; vor allem aber, weil da ein gigantischer Schatten mit einem riesigen Schwert vor ihnen aufragte, während der Krieger ihnen aus einigen Fuß Entfernung etwas vorgrunzte und -stotterte. Kurz gesagt, es war nicht der richtige Zeitpunkt für ein Plauderstündchen.

»Wenn es stimmt, daß die Bewohner des Landes Chup

heutzutage kaum noch reden, weil der Kultmeister Gesetze dagegen erlassen hat, ist es kein Wunder, daß dieser Krieger vorübergehend die Sprache verloren hat«, erklärte Raschid Khalifa dem Prinzen Bolo, den das jedoch kaum beeindruckte.

»Sein Pech«, gab er nur zurück. »Also wirklich, ich begreife nicht, warum gewisse Leute einfach nicht richtig sprechen können!«

Ohne den Prinzen zu beachten, fuhr der Schattenkrieger fort, in Raschids Richtung flinke Handbewegungen zu machen, während es ihm gelang, wenigstens ein paar Worte herauszukrächzen. »Mord«, stammelte er. »Spock Obi Neujahr.«

»Einen Mord plant er also!« rief Bolo aufgebracht, die Hand am Schwertgriff. »Nun gut, es wird nicht alles so laufen, wie er sich das denkt, das kann ich ihm versichern!«

»Potzblitz, Bolo«, warnte General Kitab, »würden Sie bitte endlich mal still sein? Sapperment! Der Krieger versucht uns etwas mitzuteilen.«

Die Handbewegungen des Schattenkriegers wurden hektisch und wirkten fast ein bißchen verzweifelt. Er verdrehte die Finger zu verschiedenen Positionen, hielt die Hände in verschiedenen Winkeln, deutete auf verschiedene Partien seines Körpers und wiederholte dazu heiser: »Mord, Mord. Spock Obi Neujahr.«

Raschid Khalifa schlug sich vor die Stirn. »Ich hab's!« verkündete er aufgeregt. »Wie konnte ich nur so dumm sein! Er hat die ganze Zeit fließend mit uns gesprochen!«

»Das ist doch lächerlich!« behauptete Prinz Bolo. »Nennen Sie dieses Gegrunze etwa *fließend*?«

»Es sind die Handbewegungen«, erklärte Raschid, deutlich bemüht, sich nicht über Bolos Gerede zu ärgern. »Er hat die Gebärdensprache benutzt. Und was er sagte, hieß nicht Mord, sondern Mudra. Das ist sein Name. Er hat sich uns nur vorstellen wollen! ›Mudras Sprache Abhinaya.‹ Das hat er gesagt. Abhinaya heißt die älteste Gebärdensprache überhaupt, und die ist mir zufällig bekannt.«

Sofort nickten Mudra und sein Schatten nachdrücklich mit dem Kopf. Auch der Schatten steckte sein Schwert jetzt in die Scheide zurück und begann die Gebärdensprache nicht weniger flink als Mudra selbst zu benutzen, so daß Raschid die beiden ersuchen mußte: »Einen Moment mal! Immer nur einer allein, bitte. Und langsam. Ich habe die Gebärdensprache schon sehr lange nicht mehr benutzt; Sie sprechen viel zu schnell für mich.«

Nachdem er den Händen von Mudra und seinem Schatten eine Weile ›zugehört‹ hatte, wandte sich Raschid lächelnd an General Kitab und Prinz Bolo. »Kein Grund zur Besorgnis«, erklärte er. »Mudra ist ein Freund. Außerdem ist diese Begegnung ein glücklicher Zufall, denn wir haben hier keinen Geringeren vor uns als den Meisterkrieger von Chup, den die meisten Chupwalas für den zweitwichtigsten Mann nach Kultmeister Khattam-Shud persönlich halten.«

»Wenn er Khattam-Shuds Nummer zwei ist«, rief Prinz Bolo erfreut, »haben wir wirklich Glück gehabt.

Wir werden ihn gefangennehmen, in Ketten legen und dem Kultmeister mitteilen, daß wir ihn nur herausgeben, wenn Batcheat heil und gesund nach Hause zurückgekehrt ist.«

»Und wie, bitte, wollen Sie ihn gefangennehmen?« erkundigte sich General Kitab mit einem nachsichtigen Lächeln. »Ich glaube nämlich kaum, daß es sein Wunsch ist, gefangengenommen zu werden. Hmpf!«

»Bitte, hören Sie mir zu«, drängte Raschid. »Mudra ist kein Anhänger des Kultmeisters mehr. Die zunehmende Grausamkeit und der wachsende Fanatismus des Kultes um den zungenlosen Eisgötzen Bezaban haben Mudra immer heftiger abgestoßen, und er hat jede Verbindung mit Khattam-Shud abgebrochen. Hierher, in diese zwielichtige Wildnis, ist er gekommen, um zu überlegen, was er nun tun soll. Wenn Sie es wünschen, kann ich sein Abhinaya für Sie übersetzen.«

General Kitab nickte, und Mudra begann zu ›sprechen‹. Wie Harun feststellte, gehörte weit mehr zur Gebärdensprache als nur die Hände. Die Stellung der Füße war wichtig, die Bewegung der Augen ebenfalls. Darüber hinaus vermochte Mudra jeden einzelnen Muskel seines grün geschminkten Gesichts in einem phänomenalen Ausmaß zu kontrollieren und jede Partie seines Gesichts auf äußerst interessante Weise in Wellenbewegungen und Zuckungen zu versetzen – auch das ein Teil seiner Sprache, des Abhinaya.

»Sie dürfen nicht glauben, daß alle Chupwalas Anhänger von Khattam-Shud sind oder Bezaban verehren«, ›sagte‹ Mudra mit seinen lautlosen, tanzartigen Bewegungen (während Raschid seine ›Worte‹ in die normale Sprache übersetzte). »Die meisten haben ganz einfach Angst vor der großen Zaubermacht des Kultmeisters. Wenn er besiegt werden könnte, würden die meisten Bewohner von Chup sich mir zuwenden; und wir beide, mein Schatten und ich, befürworten beide nachdrücklich den Frieden, obwohl wir Krieger sind.«

Nun übernahm der Schatten das ›Sprechen‹. »Sie müssen wissen, daß die Schatten im Land Chup genausoviel gelten wie die Personen, mit denen sie verbunden sind«, begann er (wobei Raschid wieder übersetzte). »Die Chupwalas leben nämlich im Dunkeln, und im Dunkeln braucht ein Schatten nicht immer nur eine einzige Form anzunehmen. Manche Schatten – wie etwa meine Wenigkeit – lernen, sich zu verwandeln, einfach indem sie es sich wünschen. Erkennen Sie die Vorteile? Wenn ein Schatten, was Kleidung und Haartracht betrifft, nicht mit dem Geschmack der Person einverstanden ist, mit der er zusammenhängt, kann er sich einfach einen eigenen Stil aussuchen! Ein Chupwala-Schatten kann so graziös sein wie ein Tänzer, obwohl sein Eigentümer sich so schwerfällig wie ein Tölpel bewegt. Begreifen Sie? Und mehr noch: Im Lande Chup besitzt ein Schatten häufig eine stärkere Persönlichkeit als die Person oder das Ich oder die Substanz, mit der er verbunden ist! Daher ist der Schatten nicht selten der Führer, während die Person, das Ich oder die Substanz ihm folgt. Und auch Streit kann es natürlich zwischen dem Schatten und der Person, dem Ich oder der Substanz geben; sie können in entgegengesetzte Richtungen streben – wie oft habe ich so etwas gesehen! –, aber genausooft besteht eine echte Partnerschaft mit gegenseitigem Respekt. Daher bedeutet Frieden mit den Chupwalas zugleich Frieden mit ihren Schatten. Auch unter den Schatten hat Kultmeister Khattam-Shud übrigens Furchtbares angerichtet.«

Nun übernahm Mudra, der Schattenkrieger, wieder das Wort. Immer schneller bewegten sich seine Hände, seine Gesichtsmuskeln wogten und zuckten in höchster Erregung; seine Beine tanzten zierlich und flink. Raschid mußte sich sehr anstrengen, um mitzukommen. »Khattam-Shuds schwarze Magie hat fürchterliche Folgen«, berichtete Mudra. »Er hat sich so tief auf die Kunst der Hexerei eingelassen, daß er sogar selbst schattenähnlich geworden ist – veränderlich, dunkel, mehr ein Schatten als eine Person. Und indem er selbst immer schattenähnlicher wurde, wurde sein Schatten immer mehr wie eine Person. Inzwischen ist es so weit gekommen, daß man nicht mehr unterscheiden kann, was Khattam-Shuds Schatten und was sein substantielles Ich ist, denn er hat etwas getan, wovon kein anderer Chupwala jemals auch nur geträumt hat: Er hat sich von seinem Schatten getrennt! Er bewegt sich völlig schattenlos in der Dunkelheit, während sein Schatten eigene Wege geht. *Der Kultmeister Khattam-Shud kann an zwei Orten zugleich sein!*«

An diesem Punkt konnte sich Plaudertasch, die den Schattenkrieger bisher mit einem Blick angestarrt hatte, der an Bewunderung, ja sogar Verehrung grenzte, nicht mehr zurückhalten: »Aber das ist ja fürchterlich! Das *Schlimmste*, was uns *überhaupt* passieren kann! Wie es hieß, sollte es nahezu unmöglich sein, ihn auch nur *einmal* zu besiegen – und Sie wollen uns nun erzählen, daß wir ihn sogar *zweimal* besiegen müssen?«

»Genau das«, antwortete Mudras Schatten mit grimmigen Gebärden. »Darüber hinaus übt dieser neue, doppelte Khattam-Shud, dieser Mann-Schatten und Schatten-Mann, einen äußerst schädlichen Einfluß auf die Freundschaft zwischen den Chupwalas und ihren Schatten aus. Denn neuerdings finden es viele Schatten unerträglich, an den Füßen mit den Chupwalas verbunden zu sein, und es kommt immer wieder zu Streitereien.«

»Es sind wahrhaft traurige Zeiten«, deuteten Mudras Gebärden abschließend an, »wenn ein Chupwala nicht einmal mehr seinem eigenen Schatten trauen kann.«

Alle verstummten, während General Kitab und Prinz Bolo über die Dinge beratschlagten, die Mudra und sein Schatten ›erzählt‹ hatten. Dann platzte Prinz Bolo plötzlich heraus: »Wieso sollten wir dieser Kreatur glauben? Hat er nicht eingestanden, daß er ein Verräter an seinem eigenen Führer ist? Ist es so weit mit uns gekommen, daß wir mit Verrätern verhandeln müssen? Woher wissen wir, ob dies nicht wieder so ein Verrat ist, irgendein finsterer Plan, eine hinterhältige Falle?«

Nun war General Kitab, wie Harun festgestellt hatte, normalerweise ein sehr sanftmütiger Mann, der nichts so sehr liebte wie eine gute Diskussion; als er dies hörte, stieg ihm jedoch die Zornesröte ins Gesicht, und er plusterte sich sogar ein bißchen auf. »Donnerwetter noch mal, Hoheit«, grollte er, »hier habe ich allein den Befehl. Halten Sie den Mund, oder Sie werden nach Gup City zurückgeschickt. Dann wird ein anderer Ihre Batcheat retten müssen, und das wäre Ihnen doch sicher nicht recht. Überhaupt nicht recht wäre Ihnen das, nicht wahr?« Plaudertasch strahlte bei dieser Standpauke; Bolo blickte mordlustig drein, hielt aber klugerweise den Mund.

Und das war gut, denn Mudras Schatten hatte sich bei Bolos Ausbruch in eine wahre Raserei von Verwandlungen gestürzt, wuchs und wuchs, bis er riesengroß war, kratzte sich am ganzen Körper, wurde zur Silhouette eines feuerspeienden Drachens sowie einer Reihe anderer Kreaturen: zu einem Greif, einem Basilisken, einer Chimäre, einem Troll. Und während der Schatten derart wütete, zog sich Mudra selbst ein paar Schritte zurück, lehnte sich an einen Baumstumpf und tat, als sei er unendlich gelangweilt, betrachtete seine Fingernägel, gähnte lauthals und drehte die Daumen.

Dieser Krieger und sein Schatten sind ein perfektes Team, dachte sich Harun. Sie spielen zwei entgegengesetzte Rollen, damit keiner errät, was sie in Wirklichkeit empfinden; und das kann natürlich etwas ganz anderes sein.

General Kitab näherte sich Mudra mit tiefem, fast sogar übertriebenem Respekt: »Ach was, zum Kuckuck, Mudra, wollen Sie uns helfen? Es wird nicht leicht für uns sein in der Finsternis von Chup. Wir könnten einen

Burschen wie Sie gut gebrauchen. Einen mächtigen Krieger und so. Was meinen Sie?«
Prinz Bolo schmollte am Rand der Lichtung, während Mudra nachdenklich auf und ab wanderte. Dann begann er wieder zu gestikulieren. Raschid übersetzte.
»Ja, ich werde euch helfen«, sagte der Schattenkrieger. »Denn der Kultmeister muß unbedingt vernichtet werden. Aber Sie müssen noch eine Entscheidung treffen.«
»Ich wette, ich weiß, was das für eine Entscheidung ist«, zischelte Plaudertasch Harun ins Ohr. »Dieselbe, die wir hätten treffen sollen, *bevor* wir losmarschierten: Wen retten wir zuerst, Batcheat oder das Meer? Übrigens«, setzte sie ein wenig errötend hinzu, »ist er nicht phantastisch? Ist er nicht eindrucksvoll, furchteinflößend, gerissen? Mudra, meine ich.«
»Ich weiß, wen du meinst«, erwiderte Harun. Es hatte ihm einen Stich gegeben, der möglicherweise von Eifersucht herrührte. »Er ist okay, nehme ich an.«
»*Okay?*« zischte Plaudertasch. »Nicht mehr als *okay?* Wie kannst du so etwas nur sagen ...«
Hier unterbrach sie sich, weil Mudras ›Worte‹ wieder von Raschid übersetzt wurden: »Wie ich schon sagte, es gibt jetzt zwei Khattam-Shuds. Der eine hält im Moment Prinzessin Batcheat in der Zitadelle von Chup gefangen und hat vor, ihr beim Bezaban-Fest die Lippen zuzunähen. Der andere befindet sich, wie Sie wissen sollten, in der Alten Zone, wo er die Vernichtung des Meeres der Geschichtenströme plant.«
Prinz Bolo von Gup spürte auf einmal, wie eine ungeheure Woge von Trotz in ihm aufwallte. »Sie können

sagen, was Sie wollen, General«, rief er empört, »aber eine Person ist wichtiger als ein Meer, egal, wie groß die Gefahr für beide ist! Batcheat muß unbedingt den Vorrang haben; Batcheat, mein Liebling, mein einziges Mädchen! Ihre kirschroten Lippen müssen vor der Nadel des Kultmeisters gerettet werden, und zwar unverzüglich! Was seid ihr nur für Leute? Habt ihr kein Blut in den Adern? General, und auch Sie, Sir Mudra: Seid ihr Männer oder ... oder ... Schatten?«

»Es ist sinnlos, die Schatten noch mehr zu beleidigen«, signalisierte Mudras Schatten mit ruhiger Würde. (Bolo ignorierte ihn.)

»Nun gut«, stimmte General Kitab zu. »Verflixt noch mal, ja! Aber wir müssen jemanden vorausschicken, der die Lage in der Alten Zone erkundet. Nur wen? ... Laßt mich überlegen ... Hmpf!«

In diesem Moment räusperte sich Harun.

»Ich gehe freiwillig«, erklärte er.

Alle wandten sich zu ihm um und starrten ihn an, wie er dastand, in dem roten Nachthemd mit den lila Flicken, und sich ziemlich albern vorkam. »He! Hmmm? Was sagst du da?« erkundigte sich Prinz Bolo gereizt.

»Vor kurzem glaubtet ihr noch, mein Vater spioniere im Auftrag von Khattam-Shud«, antwortete Harun. »Deswegen werde ich nun, wenn Sie und der General es wünschen, für Sie Khattam-Shud oder seinen Schatten ausspionieren, wer auch immer von beiden sich unten in der Alten Zone aufhält und das Meer vergiftet.«

»Und warum – da schlag doch gleich der Donner drein! – meldest du dich freiwillig für diesen gefährlichen Auftrag?« verlangte General Kitab zu wissen.

Gute Frage, dachte Harun. Ich muß ein ganz schöner Dussel sein. Laut dagegen sagte er: »Nun, Sir, es ist so. Mein ganzes Leben lang habe ich von dem wundervollen Meer der Geschichten gehört, von Wasser-Dschinns und allem anderen; aber daran zu glauben begann ich erst, als ich neulich in der Nacht Wenn in meinem Badezimmer erwischte. Und nun, da ich tatsächlich in Kahani bin und mit eigenen Augen gesehen habe, wie wunderschön dieses weite Meer ist, mit seinen Geschichtenströmen und seinen Farben, die ich noch nicht mal mit Namen bezeichnen könnte, und seinen Schwimmenden Gärtnern und Vielmaulfischen und all dem – na ja, da stellt sich heraus, es könnte zu spät sein, weil das ganze Meer jeden Moment sterben kann, wenn wir nicht sofort was unternehmen. Und nun merke ich, daß mir dieser Gedanke gar nicht behagt, Sir, nein wirklich, ganz und gar nicht. Ich hasse den Gedanken, daß all die schönen Geschichten auf der Welt auf immer und ewig schlecht ausgehen oder ganz einfach sterben. Wie gesagt, ich habe gerade erst angefangen, an das Meer zu glauben, aber vielleicht ist es noch nicht zu spät für mich, auch etwas zu seiner Rettung beizutragen.«

So, dachte er, jetzt hast du's tatsächlich geschafft und dich zum kompletten Idioten gemacht! Doch Plaudertasch starrte ihn mit fast demselben Ausdruck an, mit dem sie Mudra angestarrt hatte, und das war zweifellos angenehm. Und als er die Miene seines Vaters sah, dachte er: O nein, ich weiß genau, was er jetzt sagen wird …

»In dir steckt mehr, kleiner Harun Khalifa, als auf den ersten Blick zu erkennen ist«, sagte Raschid.

»Hör auf!« murmelte Harun wütend. »Vergiß, daß ich jemals etwas gesagt habe!«

Prinz Bolo kam herübergestelzt und versetzte Harun einen so heftigen Schlag auf den Rücken, daß dem Ärmsten die Luft wegblieb. »Kommt gar nicht in Frage!« rief Bolo laut. »Vergessen, daß du etwas gesagt hast? O nein, junger Mann, das wird bestimmt nicht vergessen! General, ich frage Sie: Er ist doch wie geschaffen für diesen Auftrag, nicht wahr? Denn schließlich ist er, genau wie ich, ein Sklave der Liebe.« Bei diesen Worten wich Harun Plaudertaschs Blicken aus und wurde rot.

»O ja, er ist eindeutig für diesen Auftrag geschaffen!« beantwortete Prinz Bolo die eigene Frage, während er aufgeregt umherstelzte und dabei schneidig (aber auch ein wenig töricht) mit den Armen wedelte. »Genau wie meine große Leidenschaft, *mon amour*, mich zu Batcheat führt, immer zu Batcheat, so ist es die Bestimmung dieses Jungen, das zu retten, was *er* liebt: das Meer der Geschichten.«

»Nun gut«, lenkte General Kitab ein. »Junger Herr Harun, du wirst also für uns spionieren. Schockschwerenot, du hast es verdient! Such dir ein paar Begleiter aus und setz dich sogleich in Marsch!« Sein Ton klang schroff, als versuche er seine Bedenken hinter einer gewissen Strenge zu verbergen. Jetzt ist es aus, dachte sich Harun. Jetzt ist es zu spät für einen Rückzieher.

»Immer die Augen offenhalten! Deckung in den Schatten suchen! Sehen, ohne gesehen zu werden!« rief Bolo in dramatischem Ton. »Irgendwie bist du jetzt auch eine Art Schattenkrieger.«

Wollte man die Alte Zone von Kahani erreichen, mußte man südwärts durch die Schattenzone ziehen und sich dicht an der Küste des Landes Chup halten, bis der dunkle, stumme Kontinent zurückblieb und sich nach allen Richtungen das südliche Polarmeer von Kahani erstreckte. Genau diesen Weg schlugen Harun und Wenn der Wasser-Dschinn etwa eine Stunde nach Haruns freiwilliger Meldung ein. Die von ihnen erwählten Begleiter waren Aber der Wiedehopf, Goopy und Bagha, die Vielmaulfische, die in Abers Kielwasser einherblubberten, sowie der alte, knorrige Schwimmende Gärtner Mali mit seinen fliederfarbenen Lippen und dem Wurzelhut; Mali schritt neben ihnen auf dem Wasser einher. (Harun hatte auch Plaudertasch mitnehmen wollen, wurde aber auf einmal von Schüchternheit geplagt, und außerdem schien sie bei Mudra dem Schattenkrieger bleiben zu wollen. Raschid wiederum war unabkömmlich, weil er dem General und dem Prinzen Mudras Gebärdensprache übersetzen mußte.)

Nach mehreren Stunden Hochgeschwindigkeitsfahrt durch die Schattenzone waren sie im südlichen Polarmeer angekommen. Hier hatte das Wasser noch mehr von seiner Farbe verloren, und die Wassertemperatur war noch tiefer gesunken.

»Der Weg ist richtig! Wir leiden Not!«

»Zuvor war's nur schmutzig! Nun bringt's den Tod!« erklärten Goopy und Bagha hustend und spuckend.

Mali dagegen trabte ohne jedes Zeichen von Mißbehagen auf der Wasserfläche dahin. »Wenn das Wasser so stark vergiftet ist – tun dir da nicht die Füße weh?« erkundigte sich Harun. Mali schüttelte den Kopf. »Ich kann mehr als das ertragen. Ein bißchen Gift, pah! Ein bißchen Säure, pah! Ein Gärtner ist ein zäher, alter Vogel. Unkraut vergeht nicht. So was kann mich niemals aufhalten.«

Und dann setzte er zu Haruns Erstaunen mit rauher Stimme zu einem lustigen Liedchen an:

»Man stoppt einen Scheck,
Ein böses Gerücht,
Man stoppt den Verkehr,
Nur mich stoppt man nicht!«

»Was wir hier stoppen wollen«, ermahnte Harun ihn und legte dabei, wie er sehr hoffte, einen energischen Befehlston in seine Stimme, »ist das Unwesen, das der Kultmeister Khattam-Shud treibt.«

»Falls es zutrifft, daß es in der Nähe des Südpols einen Urquell gibt, eine Quelle der Geschichten«, meinte Wenn, »werden wir Khattam-Shud mit Sicherheit dort auftreiben.«

»Also gut«, stimmte Harun ihm zu. »Auf zum Südpol!«

Kurz darauf ereignete sich die erste Katastrophe: Goopy und Bagha stießen mitleiderregende Klagelaute aus und gestanden, daß sie nicht weiter mitkommen könnten.

»Wer hätte gedacht, es wird so schaurig!«

»Wir können nicht helfen! Das macht uns traurig!«

»Ich leide schrecklich! Sie leidet mehr!«

»Uns fällt sogar das Reimen schwer!«

Das Wasser des Meeres war mit jeder Meile dicker und kälter geworden; viele Geschichtenströme schienen von einer dunklen, träge dahinfließenden Substanz durchzogen zu sein, die fast so dick wie Sirup aussah. Was immer die Ursache dafür ist, es kann nicht mehr weit entfernt sein, dachte Harun. Und zu den Vielmaulfischen sagte er traurig: »Bleibt nur hier und haltet Wacht. Wir anderen ziehen ohne euch weiter.«

Selbst wenn sie eine Gefahr entdecken, werden sie uns nicht warnen können, dachte Harun sachlich, aber die Vielmaulfische waren so deprimiert, daß er diese Erkenntnis für sich behielt.

Das Licht hatte inzwischen stark abgenommen (sie befanden sich unmittelbar an der Grenze der Schattenzone, also kurz vor der Hemisphäre der immerwährenden Dunkelheit). Weiterhin hielten sie Kurs auf den Pol, und als Harun einen Wald aus dem Meer aufragen sah, dessen hohe Gewächse sich in einer leichten Brise wiegten, steigerte der Mangel an Licht seine Verwirrung noch. »Land?« erkundigte sich Harun. »Aber hier kann's doch gar kein Land geben!«

»Vernachlässigtes Wasser«, korrigierte ihn Mali. »Ausgewuchert. Verwildert. Ungepflegt. Es ist eine Schande. Gebt mir ein Jahr, und hier wird's überall wie neu aussehen.«

Eine ungewohnt lange Rede für den Schwimmenden Gärtner. Er war eindeutig verärgert.

»Aber wir haben leider kein Jahr«, antwortete Harun. »Und darüberfliegen möchte ich auch nicht; wir wären viel zu leicht zu entdecken. Außerdem könnten wir dich dann nicht mitnehmen.«

»Um mich braucht ihr euch keine Sorgen zu machen«, behauptete Mali. »Und wegen des Fliegens ebenfalls nicht. Ich werde euch einen Weg bahnen.» Damit setzte er zu einem enormen Spurt an und verschwand im schwimmenden Dschungel. Kurz darauf sah Harun dicke Klumpen aus Schlick und Unkraut in die Luft fliegen: Mali hatte sich ans Werk gemacht. Aufgeschreckt suchten die Kreaturen, die in diesem Unkrautdschungel lebten, ihr Heil in der Flucht: riesige Albino-Nachtfalter, große graue Vögel, die nur aus Haut und Knochen bestanden, lange, weißliche Würmer mit Köpfen wie Schaufelblätter. Sogar die Tiere hier sind alt, dachte Harun. Ob es tief drinnen wohl Dinosaurier gibt? Na ja, nicht direkt Dinosaurier, aber diese Wasserdinger – ja, genau, Ichthyosaurier. Die Vorstellung, daß ein Ichthyosaurus plötzlich den Kopf aus dem Wasser stecken könnte, war beängstigend und zugleich aufregend. Jedenfalls sind diese Viecher

Vegetarier – *waren* Vegetarier, tröstete sich Harun. Glaube ich wenigstens.
Mali kam über das Wasser zurückmarschiert, um von seinen Fortschritten zu berichten. »Ein bißchen jäten. Ein bißchen Schädlingsbekämpfung. Die Passage ist gleich fertig.« Und schon hatte er wieder kehrtgemacht und war verschwunden.
Als die Passage gesäubert war, dirigierte Harun Aber den Wiedehopf hinein. Mali war nirgends zu entdekken.
»Wo bist du?« rief Harun laut. »Wir haben keine Zeit für Versteckspiele!«
Aber es kam keine Antwort.
Die Passage war ein schmaler Kanal, auf dem noch immer Wurzeln und Unkraut trieben … Und sie waren schon tief im Herzen dieses Unkrautdschungels, als sich die zweite Katastrophe ereignete. Harun hörte ein schwaches, zischendes Geräusch und sah einen Sekundenbruchteil später, daß ihnen etwas entgegenflog – irgend etwas, das wie ein riesiges Netz aussah, ein Netz, aus der Finsternis selbst gesponnen. Es fiel über sie und hielt sie fest.
»Das Netz der Nacht«, erklärte Aber der Wiedehopf überflüssigerweise. »Eine legendäre Chuwala-Waffe. Zappeln hilft nichts; je mehr man zappelt, desto fester zieht sich das Netz zusammen. Es tut mir leid, es sagen zu müssen, aber unser Schicksal ist besiegelt.«
Harun hörte Geräusche außerhalb des Netzes der Nacht: Zischeln, kurzes, zufriedenes Kichern. Und auch Augen waren zu sehen: Augen, die hereinblick-

ten, Augen wie die von Mudra, mit schwarzen Augäpfeln statt weißen. Doch diese Augen wirkten nicht im mindesten freundlich. Und wo blieb Mali?
Dann haben sie uns also jetzt schon erwischt, dachte Harun, außer sich vor Beschämung. Was für ein großartiger Held ich doch bin!

NEUNTES KAPITEL

DAS SCHWARZE SCHIFF

Sie wurden langsam vorwärtsgezogen. Die Feinde, deren schemenhafte Gestalten Harun allmählich wahrzunehmen vermochte, weil seine Augen sich an die Dunkelheit gewöhnten, zogen das Netz mit Hilfe von irgendwelchen unsichtbaren, superstarken Strikken weiter. Aber tatsächlich *vorwärts*? Hier versagte Haruns Vorstellungskraft. Vor seinem inneren Auge sah er nichts als ein riesiges schwarzes Loch, weit aufgerissen wie ein gigantischer, gähnender Schlund, der sie langsam in sich einsog.

»Erledigt, fertig, kaputt«, stellte Wenn niedergeschlagen fest. Und der Wiedehopf befand sich in einer ähnlich deprimierten Stimmung. »Ab geht's mit uns zu Khattam-Shud, hübsch verpackt und gut verschnürt wie ein Geburtstagspräsent!« jammerte er, ohne den Schnabel zu bewegen. »Und dann – zappenduster, Feierabend, pfftt, finito, futsch sind wir, alle miteinander. Im Herzen der Finsternis soll er hocken, der Khattam-Shud, auf dem tiefsten Grund eines schwarzen Lochs, und er frißt das Licht, stopft es mit bloßen Händen in sich hinein und läßt nicht das kleinste bißchen übrig. Worte verschlingt er genauso gierig. Und kann an zwei Orten gleichzeitig sein, so daß es kein Entkommen vor ihm gibt. Wehe uns Armen! Ach und weh! Herrjemine!«

»Ihr seid mir ein paar schöne Kameraden«, sagte Harun so leicht dahin, wie er es eben zustande brachte. Und an den Wiedehopf gewandt, ergänzte er: »Eine reizende Maschine bist du! Schluckst aber auch alle Horrorstories, die dir zu Ohren kommen, selbst jene, die du im Kopf anderer Leute findest. Dies schwarze Loch zum Beispiel. Ich habe daran gedacht, und du hast es einfach aufgeschnappt und dich von ihm ins Bockshorn jagen lassen. Ehrlich, Wiedehopf, reiß dich zusammen!«

»Wie soll ich mich zusammen- oder sonstwohin reißen«, lamentierte der Wiedehopf, ohne den Schnabel zu bewegen, »wenn andere Leute, Chupwala-Leute, mich dahin reißen, wohin *sie* wollen?«

»Seht nach unten!« fiel ihnen der Wasser-Dschinn ins Wort. »Seht nach unten, ins Meer hinab!«

Das dicke, dunkle Gift hatte sich inzwischen überallhin verbreitet und löschte die Farben der Geschichtenströme so gründlich aus, daß Harun die einzelnen Stränge nicht mehr unterscheiden konnte. Ein eisigklammes Gefühl stieg von dem Wasser auf, das nahe am Gefrierpunkt war. Kalt wie der Tod, dachte Harun unwillkürlich. Nun konnte sich Wenn vor Kummer nicht mehr zurückhalten. »Es ist unsere eigene Schuld«, klagte er. »Wir sind die Hüter des Meeres, aber wir haben es nicht gehütet. Seht es euch an, das Meer, seht es euch an! Die ältesten Geschichten, die es je gab, und seht sie euch jetzt an! Sie verrotten, und wir haben nichts dagegen getan! Wir haben sie im Stich gelassen – schon lange bevor diese Vergiftung einsetzte. Wir haben die Verbindung zu unseren Ursprüngen verloren, zu unseren Wurzeln, unserem Urquell, unserer Quelle. Uninteressant, haben wir gesagt, will keiner mehr hören, Angebot größer als Nachfrage. Und nun – seht doch nur, seht! Keine Farbe, kein Leben, überhaupt nichts. Tot. Aus und vorbei.«

Wie entsetzt wäre Mali über diesen Anblick, dachte Harun; besonders Mali. Doch von dem Schwimmenden Gärtner war immer noch nichts zu sehen. Hängt vermutlich gut verschnürt in einem anderen Netz der Nacht, mutmaßte Harun. Aber ach, was würde ich darum geben, wenn dieser knorrige, alte Wurzelkerl jetzt wieder neben uns einherliefe, und ich könnte seiner weichen, blumigen Stimme lauschen, seine seltenen, knappen Worte hören!

Das vergiftete Wasser klatschte gegen die Flanken des Wiedehopfs – und schlug auf einmal noch höher hinauf, weil das Netz der Nacht plötzlich angehalten wurde. Wenn und Harun rissen unwillkürlich die Füße vor dem heraufschwappenden Schmutz zurück, und einer der so hübsch bestickten Schnabelpantoffel des Wasser-Dschinns fiel (genau gesagt, von seinem linken Fuß) ins Meer, wo er sofort und im Handumdrehen mit einem Zischen und einem Sprudeln, einem Blubbern und einem Gurgeln zerfressen wurde – vom hinteren Ende bis zur gebogenen Spitze. Harun war tief beeindruckt – vor Entsetzen. »Das Gift ist hier so konzentriert, daß es wie eine starke Säure wirkt«, stellte er fest. »Du mußt aus einem sehr widerstandsfähigen Material sein, Wiedehopf. Und du, Wenn, kannst

von Glück sagen, daß nur dein Pantoffel hineingefallen ist und nicht du selbst.«
»Freu dich nur nicht zu früh«, warnte der Wiedehopf düster, ohne den Schnabel zu bewegen. »Wer weiß denn, was uns noch bevorsteht?«
»Na vielen Dank!« gab Harun zurück. »Schon wieder so ein freundlicher Zuspruch von dir!«
Harun machte sich jedoch ernsthafte Sorgen um Mali. Der Schwimmende Gärtner hatte sich direkt auf der Oberfläche aus konzentriertem Gift fortbewegt; gewiß, er war ein zäher, alter Bursche, aber vermochte er auch dieser fressenden Säure zu widerstehen? In seiner Vorstellung sah Harun Mali voller Verzweiflung im Meer versinken, wo er mit einem Zischen und einem Sprudeln, einem Blubbern und einem Gurgeln ... Heftig schüttelte er den Kopf. Keine Zeit jetzt für negative Gedanken!
Das Netz der Nacht wurde weggezogen, und als das dämmrige Zwielicht zurückkehrte, sah Harun, daß sie eine große Lichtung im Unkrautdschungel erreicht hatten. Nicht weit von ihnen ragte etwas empor, das wie eine Mauer aus Nacht aussah. Dort muß die immerwährende Finsternis beginnen, sagte sich Harun. Anscheinend befinden wir uns genau an ihrer Grenze. Mittlerweile trieben nur noch wenige Wurzeln und Gräser auf dem Meer, die meisten von ihnen von der Giftsäure sehr stark verätzt und zerfressen. Und nirgendwo eine Spur von Mali! Harun befürchtete noch immer das Schlimmste.
Eine Gruppe von dreizehn Chupwalas hatte Aber den

Wiedehopf umringt und hielt bedrohlich wirkende Waffen auf Wenn und Harun gerichtet. Sie hatten alle die gleichen unheimlichen Augen, wie Harun sie zum erstenmal bei Mudra gesehen hatte – mit weißen Pupillen statt schwarzen, grauer Iris statt farbiger und tiefem Schwarz dort, wo man weiße Augäpfel erwartet hätte. Anders als der Schattenkrieger waren diese Chupwalas jedoch spindeldürre, hinterhältige, geduckt umherhuschende Wesen, von oben bis unten eingehüllt in schwarze Kapuzenumhänge mit den aufgestickten Insignien der Leibwache des Kultmeisters Khattam-Shud, das heißt dem Zeichen der Versiegelten Lippen. Wie 'ne Horde Federfuchser im Karnevalskostüm sehen die aus, dachte Harun. Aber man sollte sie nicht unterschätzen: Sie sind gefährlich, daran besteht gewiß kein Zweifel.

Die Chupwalas drängten sich um Aber den Wiedehopf und starrten Harun neugierig an. Sie ritten große, schwarze Seepferde, auf die der Erdenjunge ebenso verwirrend zu wirken schien wie auf die Reiter. »Nur zu deiner Information«, erklärte der Wiedehopf, »diese schwarzen Pferde sind ebenfalls Maschinen. Doch ein schwarzes Pferd ist, wie man ja weiß, höchst unzuverlässig, und man darf ihm nicht trauen.«

Harun hörte ihm nicht zu.

Er hatte soeben entdeckt, daß die Mauer der Nacht, die er für die Grenze zur immerwährenden Dunkelheit gehalten hatte, etwas völlig anderes war. Ein ungeheuer großes Schiff nämlich, ein dickbauchiges, archeähnliches Wasserfahrzeug, das auf der weiten

Lichtung ankerte. Dahin wollen sie uns also bringen, erkannte er mit schwerem Herzen. Das muß das Flaggschiff des Kultmeisters Khattam-Shud sein. Doch als er den Mund öffnete, um Wenn diese Erkenntnis mitzuteilen, mußte er feststellen, daß ihm vor Angst die Kehle ausgedörrt war und nichts als ein heiseres Krächzen aus seinem Mund kam: »Krächz«, stieß er hervor und deutete auf das schwarze Schiff. »Krächz, krächz.«

Überall am Rumpf des schwarzen Schiffes führten Gangways mit Geländern herab. Die Chupwalas brachten sie bis an den Fuß einer Gangway, wo der Wasser-Dschinn und Harun den Wiedehopf zurücklassen und die lange Klettertour zum Deck hinauf antreten mußten. Beim Klettern hörte Harun einen jämmerlichen Schrei, und als er sich umdrehte, sah er, daß es der Wiedehopf war, der protestierte, ohne den Schnabel zu bewegen: »Aber, aber, aber das dürft ihr mir nicht wegnehmen ... das nicht ... das ist mein Gehirn!« Zwei in Umhänge gehüllte Chupwalas hockten auf Abers Rücken und schraubten einen Deckel auf dem Kopf des Wiedehopfs ab. Der so entstandenen Öffnung entnahmen sie ein mattglänzendes Metallkästchen, wobei sie immer wieder kurze, triumphierende Zischlaute ausstießen. Schließlich ließen sie Aber mit unterbrochenen Schaltkreisen sowie ohne Gedächtnisspeicher und Steuermodul einfach auf dem Wasser liegen. Er sah aus wie ein zerbrochenes Spielzeug. O je, Wiedehopf, dachte Harun, es tut mir leid, daß ich dich verspottet und gesagt habe, du seist ja nur eine Maschine! Du bist die beste und tapferste Maschine, die es jemals gegeben hat, und ich werde dir dein Gehirn zurückholen, du wirst schon sehen! Aber das waren leere Versprechungen, das war Harun klar, denn schließlich hatte er selber genug Probleme.

Sie kletterten weiter. Auf einmal stolperte Wenn, der unmittelbar hinter Harun ging, und drohte zu fallen; hastig griff er nach Haruns Hand, scheinbar nach Halt suchend. Doch Harun spürte, daß ihm der Wasser-Dschinn etwas Kleines, Hartes in die Hand drückte, und schloß fest die Finger.

»Kleine Hilfe für den Notfall, mit Komplimenten vom Vzsze-Haus«, flüsterte Wenn. »Vielleicht hast du Gelegenheit, es zu gebrauchen.«

Vor und hinter ihnen gingen Chupwalas. »Was ist das?« erkundigte sich Harun vorsichtig flüsternd.

»Wenn du die Spitze abbeißt«, erwiderte Wenn ebenfalls wispernd, »kriegst du zwei ganze Minuten lang helles, strahlendes Licht. Deswegen heißt es auch Beißlicht – logisch. Versteck das Ding unter deiner Zunge!«

»Und was ist mit dir?« fragte Harun leise zurück. »Hast du auch so was?« Als Wenn ihm darauf jedoch nicht antwortete, begriff Harun, daß ihm der Wasser-Dschinn sein letztes Notlicht gegeben hatte. »Das kann ich nicht annehmen, das ist nicht fair«, flüsterte Harun, doch da zischte ihn einer der Chupwalas so bösartig an, daß er beschloß, lieber eine Weile den Mund zu halten. Und weiter ging's, immer höher. Harun fragte sich, was der Kultmeister wohl mit ihnen vorhatte.

Als sie an einer Reihe von Bullaugen vorbeikamen, hielt Harun verwundert den Atem an, denn aus diesen Bullaugen kam Dunkelheit geströmt – eine Dunkelheit, die im Dämmerlicht leuchtete wie das Licht, das abends in einem Fenster brennt. Die Chupwalas hatten die künstliche Dunkelheit erfunden wie andere Leute das künstliche Licht! Im Innern des schwarzen Schiffes mußte es, wie Harun vermutete, Glühbirnen geben – eigentlich hätte man sie besser »Dunkelbirnen« nennen sollen –, die diese seltsame Schwärze verbreiteten, damit die umgekehrten Augen der Chupwalas (die von hellem Licht erblinden konnten) ausreichend zu sehen vermochten (er, Harun, dagegen würde überhaupt nichts sehen können). Dunkelheit, die man ein- und ausschalten kann, sinnierte Harun. Was für eine Vorstellung, wahrhaftig!

Kurz darauf erreichten sie das Deck.

Und nun bemerkte Harun, wie gigantisch dieses Schiff sein mußte. Im Dämmerlicht wirkte das Deck buchstäblich endlos; Harun jedenfalls konnte nicht bis zum Bug oder zum Heck sehen. »Das Deck muß mindestens eine Meile lang sein!« rief er verwundert, und wenn es wirklich eine Meile lang war, dann war es vermutlich auch mindestens eine halbe Meile breit.

»Überdimensional, superkolossal, phänomenal«, rief der Wasser-Dschinn verdrossen.

In einer Art Schachbrettmuster waren über das Deck zahllose riesige schwarze Tanks oder Kessel verteilt, jeder von einem eigenen Wartungstrupp betreut. In jeden Kessel hinein und wieder hinaus liefen Rohre und Leitungen, und außen führten Leitern an ihnen empor. Neben jedem Kessel standen außerdem kleine, mechanische Kräne, von denen an gefährlich scharf aussehenden Haken Eimer herabhingen. Das müssen die Giftkessel sein, vermutete Harun, und damit hatte er recht: Die Kessel waren bis an den Rand mit jenen schwarzen Giftstoffen gefüllt, die das Meer der Geschichten mordeten – Giftstoffen in ihrer stärksten, reinsten, unverfälschtesten Form. Das ist ja ein Fabrikschiff, dachte Harun erschauernd, und was hier produziert wird, ist weit, weit schlimmer als das, was in all den Traurigkeitsfabriken in meiner Heimat hergestellt wird.

Das größte Objekt an Deck des schwarzen Schiffes war jedoch ein anderer Kran. Dieser Riese ragte, einem gigantischen Gebäude gleich, turmhoch über dem ganzen Deck empor, und wie Harun feststellte, hingen von seinem mächtigen Arm dicke Ketten ins Wasser hinab. Was immer da tief unten, unter dem Meeresspiegel, am Ende dieser Ketten hing, mußte einen enormen Umfang und ein erstaunliches Gewicht besitzen, doch Harun hatte keine Ahnung, was das wohl sein konnte.

Besonders fiel Harun an dem schwarzen Schiff und allem, was dazu gehörte, eine Eigenschaft auf, die er eigentlich nur als Schattenhaftigkeit bezeichnen konnte. Denn trotz der gewaltigen Ausmaße des Schiffes selbst, trotz der erschreckenden Größe und Anzahl der Giftkessel und trotz des Riesenkrans hatte Harun den Eindruck, das Ganze sei irgendwie *nicht dauerhaft*, habe etwas Unbeständiges, Substanzloses an sich, als sei es einem mächtigen Zauberer irgendwie gelungen, es nur aus Schatten zu bauen und den Schatten eine Substanz zu verleihen, wie sie Harun nicht für möglich gehalten hätte. Aber das alles ist viel zu phantastisch für Worte, sagte er sich. Ein Schiff aus Schatten? Ein Schattenschiff? Das ist Wahnsinn! Doch der Gedanke ließ ihn nicht los und nagte immer weiter an ihm. Sieh dir doch die Konturen hier überall an, forderte ihn eine innere Stimme auf. Die Konturen der Giftkessel, des Krans, des ganzes Schiffes! Wirken die nicht irgendwie ... na ja, verschwommen? Genauso sehen Schatten aus; denn sogar wenn sie richtig scharf sind, sind ihre Umrisse doch niemals so scharf wie die von echten, handfesten Dingen.

Und diese Chupwalas, die alle zum Club der Versiegelten Lippen gehörten und die ergebensten Lakaien des Kultmeisters waren – nun ja, Harun wunderte sich immer wieder darüber, wie alltäglich sie aussahen und wie monoton die Arbeit war, die sie verrichten mußten. Hunderte von ihnen wimmelten in Umhängen und Kapuzen mit dem Zeichen der Versiegelten Lippen an Deck herum, warteten Kessel und Kräne und erledigten eine Reihe primitiver Routinejobs: Skalen ablesen, Schrauben anziehen, das Rührwerk der Kessel ein- und ausschalten, das Deck putzen. Das alles war unendlich banal; und dennoch – das mußte Harun sich immer wieder ins Gedächtnis rufen – planten diese herumschleichenden, verhüllten, spindeldürren, mickrigen, verschlagenen Federfuchsertypen nichts Geringeres als die Vernichtung des Meeres der Geschichtenströme! »Ist das nicht unheimlich«, sagte Harun zu Wenn, »daß sogar die allerschlimmsten Dinge so alltäglich und, na ja, stumpfsinnig wirken können?«

Ihre Wachen stießen sie auf ein riesiges Tor zu, das aus zwei hohen schwarzen Türflügeln mit dem Khattam-Shud-Zeichen der Versiegelten Lippen bestand. Das Ganze geschah in tiefem Schweigen, das heißt bis auf das gespenstische Zischgeräusch, das die Chupwalas statt einer Sprache von sich gaben. Als sie nur noch wenige Fuß von dem Tor entfernt waren, mußten Harun und der Wasser-Dschinn stehenbleiben und wurden an beiden Armen festgehalten. Langsam gingen die Türflügel auf ... Das ist das Ende, dachte Harun.

Aus dem Tor kam ein spindeldürrer, mickriger, verschlagener, hinterhältiger Federfuchsertyp hervor, der genauso aussah wie alle anderen. Das heißt – nicht ganz genauso: Als er auftauchte, begannen sich alle Chupwalas in der Nähe so eilfertig und devot wie möglich zu verneigen und unterwürfige Kratzfüße zu machen, denn dieses so wenig eindrucksvolle Wesen war kein anderer als der berüchtigte, schreckenerregende Khattam-Shud, der Kultmeister von Bezaban, der große Schwarze Mann höchstpersönlich!

Was – das ist er? Das soll er sein? dachte Harun und machte ein langes Gesicht. Dieser winzige, schäbige Miesling? Eine maßlose Enttäuschung!

Aber es gab noch eine weitere Überraschung: Der

Kultmeister begann zu sprechen! Khattum-Shud zischelte weder wie seine Anhänger, noch krächzte und gurgelte er wie Mudra der Schattenkrieger, nein, er sprach klar und deutlich, allerdings mit einer klanglosen, monotonen Stimme, einer Stimme, an die man sich niemals erinnert hätte, wäre sie nicht die eines mächtigen und furchterregenden Herrschers gewesen.

»Spione«, sagte Khattum-Shud tonlos. »Welch ein ermüdendes Melodram. Ein Wasser-Dschinn aus Gup City und, etwas ungewöhnlicher, ein junger Mann von da unten, wenn ich mich nicht irre.«

»So ist das also mit diesem idiotischen Schweigequatsch!« empörte sich Wenn mit beträchtlichem Mut. »Ist doch typisch, hätte man sich gleich denken können, gar keine Frage: Der große Meister persönlich tut genau das, was er allen anderen verbieten will. Seine Anhänger nähen sich die Lippen zu, während er selber redet und redet wie mindestens zehn Wasserfälle.«

Khattam-Shud gab vor, diese Bemerkung nicht gehört zu haben. Harun starrte ihn durchdringend an, studierte vor allem die Körperkonturen des Kultmeisters und war schließlich sicher: Sie war da, dieselbe Verschwommenheit, dieselbe Unschärfe, die er schon am schwarzen Schiff wahrgenommen hatte.

Schattenhaftigkeit hatte er sie genannt und recht damit gehabt. Ganz eindeutig, sagte er sich, dies ist der Schatten des Kultmeisters, von dem sich zu trennen ihm gelungen ist. Er hat den Schatten hierhergeschickt und ist selbst in der Zitadelle von Chup geblieben. Wohin die Guppee-Truppen in Begleitung von Haruns Vater Raschid in diesem Moment auf dem Weg waren.

Sollte Harun recht haben und war dies tatsächlich der menschlich gewordene Schatten und nicht der schattenhaft gewordene Mensch, dann mußte Khattam-Shuds Zauberkunst wirklich sehr machtvoll sein, denn die Gestalt des Kultmeisters war unzweifelhaft dreidimensional, und die Augen bewegten sich deutlich in ihren Höhlen. Nie im Leben habe ich einen solchen Schatten gesehen, mußte sich Harun eingestehen, doch seine Überzeugung, daß es sich hier um das Schatten-Ich des Kultmeisters handelte, das mit dem schwarzen Schiff hier in die Alte Zone gekommen war, festigte sich immer mehr.

Nun trat der Chupwala, der das Gehirnkästchen des Wiedehopfs an sich genommen hatte, einen Schritt vor und überreichte es dem Kultmeister mit tiefer Verneigung. Khattum-Shud begann den kleinen Metallwürfel lässig in die Luft zu werfen und wieder aufzufangen und murmelte dabei: »Nun werden wir feststellen, was es mit ihren Vorgängen-zu-schwierig-zu-erklären auf sich hat. Sobald wir das hier auseinandergenommen haben, werde ich diese Vorgänge aufdecken. Endlich!«

Der Kultmeister kam zu ihnen herüber und blickte Harun neugierig ins Gesicht. »Und was führt dich hierher?« erkundigte er sich mit seiner klanglosen, monotonen Stimme. »Ach ja, Geschichten, nehme ich an.« Dabei spie er das Wort »Geschichten« heraus, als

sei es das schlimmste Schimpfwort überhaupt. »Nun kannst du mit eigenen Augen sehen, wohin dich solche Geschichten führen! Verstehst du mich? Was mit Geschichten beginnt, endet mit Spionage, und das ist eine äußerst schwerwiegende Beschuldigung, mein Junge, es gibt keine schwerwiegendere. Du hättest lieber mit den Füßen auf dem Boden bleiben sollen, aber du mußtest ja die Nase in die Luft stecken. Du hättest dich lieber an die Fakten halten sollen, aber du wurdest ja mit Geschichten vollgestopft. Du hättest lieber zu Hause bleiben sollen, aber du mußtest ja hier heraufkommen. Geschichten bringen nur Probleme. Ein Meer von Geschichten ist ein Meer von Problemen. Beantworte mir eine Frage: Wozu sind Geschichten gut, die noch nicht einmal wahr sind?«
»He, ich kenne Sie« schrie Harun plötzlich aufgebracht. »Sie sind *er*! Sie sind Mr. Sengupta und haben meine Mutter gestohlen und dafür die dicke Frau zurückgelassen, und Sie sind ein jämmerlicher, kümmerlicher, mieser, fieser, verschlagener und verlogener Federfuchser! Wo haben Sie sie versteckt? Halten Sie sie etwa auf diesem Schiff gefangen? Na los, nun machen Sie schon! Raus mit der Sprache!«
Der Wasser-Dschinn hielt Harun fürsorglich bei den Schultern fest und wartete, bis er sich ein wenig beruhigt hatte, denn der Junge zitterte vor Wut und anderen Gefühlen.
»He, Harun«, sagte er dann tröstend zu ihm, »mag ja sein, daß er so aussieht, ihm wie aus dem Gesicht geschnitten, sein perfektes Ebenbild ist, aber glaube mir,

mein Junge, dies ist Khattam-Shud, der Kultmeister von Bezaban.«

Auf seine typische Federfuchserart schien Khattam-Shud völlig ungerührt zu bleiben. Er fuhr unablässig fort, mit der Rechten das Gehirnkästchen Abers in die Luft zu werfen. Schließlich sprach er wieder mit seiner monotonen, einschläfernden Stimme. »Das Hirn des Jungen ist mit Geschichten verseucht worden«, erklärte er feierlich. »Jetzt phantasiert er bereits bei Tag und gibt nur noch Unsinn von sich. Äußert Beleidigungen und Beschimpfungen. Warum sollte ich auch nur das geringste Interesse an deiner Mutter haben? All die Geschichten bewirken doch nur, daß du unfähig bist, zu erkennen, wer vor dir steht. Aufgrund der Geschichten glaubst du vermutlich, daß eine Persönlichkeit wie Khattam-Shud, der Kultmeister, anders auszusehen habe ... etwa *so*!«

Harun und Wenn stießen unwillkürlich einen Schreckenslaut aus, als Khattam-Shud auf einmal seine Gestalt veränderte. Vor ihren entsetzten, erstaunten Blicken wuchs und wuchs der Kultmeister, bis er einhundertundeinen Fuß hoch war, einhundertundeinen Kopf mit jeweils drei Augen und einer lang heraushängenden Flammenzunge besaß und dazu einhundertundeinen Arm, von denen einhundert Arme riesige schwarze Schwerter schwangen, während der einhundertunderste Arm lässig das Gehirnkästchen des Wiedehopfs in die Luft warf ... Dann jedoch schrumpfte Khattam-Shud mit einem kleinen Seufzer wieder zu seiner früheren Federfuchsergestalt zusammen. »Alles

Angabe«, erklärte er achselzuckend. »In Geschichten sind derartige Kunststückchen beliebt, aber sie sind überflüssig und darüber hinaus wirkungslos ... Spione, Spione«, sinnierte er dann. »Nun gut, ihr sollt sehen, was zu sehen ihr gekommen seid. Obwohl ihr natürlich nicht in der Lage sein werdet, irgend jemandem davon zu berichten.«

Er wandte sich um und glitt langsam zum Tor zurück. »Bringt sie mit!« befahl er und war verschwunden. Die Chupwala-Soldaten umringten Harun und Wenn und drängten sie beide zwischen den Türflügeln hindurch. Jetzt befanden sie sich am oberen Ende einer breiten, finsteren Treppe, die abwärts führte und tief unten im pechschwarzen Bauch des Schiffes verschwand.

ZEHNTES KAPITEL

HARUNS WUNSCH

Als Harun und Wenn am oberen Ende der Treppe standen, war die absolute Finsternis aus den Tausenden von Dunkelbirnen auf einmal verschwunden, und ein dämmriges Zwielicht herrschte. Khattam-Shud hatte nämlich überall auf dem Schiff den Strom abschalten lassen, um seinen Gefangenen das ganze Ausmaß seiner Macht quälend vor Augen zu führen. Jetzt konnten Harun und Wenn die Treppe erkennen und stiegen langsam auf ihr in den Bauch dieses gigantischen Schiffes hinab. Die Chupwalas in ihrer Umgebung setzten – sogar recht modische – fest anliegende Sonnenbrillen auf, damit sie in dieser Zone helleren Lichts besser sehen konnten. Wie Federfuchser, die sich als Rockstars verkleidet haben, dachte Harun.

Jetzt konnte er erkennen, daß das schwarze Schiff unter Deck aus einer einzigen, ungeheuren Höhle bestand, um die herum in sieben verschiedenen Höhen Laufgänge führten, die durch Treppen und Leitern verbunden waren. Und dieser Schiffsbauch war angefüllt mit Maschinen. Aber was für Maschinen! »Viel-zu-schwierig-zu-erklären«, murmelte Wenn. Welch ein Wirbeln von Wirblern und Zwirbeln von Zwirblern, welch endlose Reihen von Schiebern und Siebern, welch unablässiges Zischen von Mischern und Stapfen von Zapfen! Khattam-Shud erwartete sie, des Wiedehopfs Gehirn lässig von einer Hand in die andere werfend, auf einem hochgelegenen Laufgang. Und kaum hatten Harun und Wenn ihn (selbstverständlich begleitet von ihren Wachen) erreicht, da fing er an, ihnen dies alles in seinem knochentrockenen Ton zu erklären.

Harun zwang sich zuzuhören, obwohl die Stimme des Kultmeisters so langweilig war, daß man innerhalb von zehn Sekunden tief und fest einschlafen konnte.

»Dies hier sind die Giftmischer«, erläuterte Khattam-Shud. »Wir müssen nämlich sehr viele verschiedene Gifte herstellen, weil jede einzelne Geschichte im Meer auf ihre ganz spezielle Art ruiniert werden muß. Um eine glückliche Geschichte zu ruinieren, muß man sie traurig machen. Um eine Action-Story zu ruinieren, muß man bewirken, daß sie viel zu langsam abläuft. Um einen Kriminalroman zu ruinieren, muß man die Identität des Verbrechers selbst für den allerdümmsten Leser kenntlich machen. Um eine Liebesgeschichte zu ruinieren, muß man sie in eine Haßerzählung verwandeln. Um eine Tragödie zu ruinieren, muß man dafür sorgen, daß sie haltloses Gelächter auslöst.«

»Und um ein Geschichtenmeer zu ruinieren«, murmelte der Wasser-Dschinn vor sich hin, »braucht man bloß einen Khattam-Shud hinzuzufügen.«

»Sagt von mir aus, was ihr wollt«, entgegnete der Kultmeister. »Sprecht es aus, solange ihr noch könnt.« Dann fuhr er mit seinen schauerlichen Erklärungen fort: »Ich habe jedenfalls etwas entdeckt: daß es zu jeder einzelnen Geschichte eine Antigeschichte gibt. Ich meine, daß jede einzelne Geschichte – und daher auch jeder Geschichtenstrom – ein Schatten-Ich besitzt. Wenn man nun diese Antigeschichte in die Geschichte einfließen läßt, löschen die beiden sich gegenseitig aus – und damit basta! Ende der Geschichte! Hier also seht ihr den Beweis dafür, daß ich eine Möglichkeit gefunden habe, diese Antigeschichten, diese Schattenerzählungen synthetisch zu erzeugen. Jawohl! Ich kann sie alle hier auf diesem Schiff unter Laborbedingungen mixen und daraus ein äußerst wirksames, konzentriertes Gift herstellen, dem keine der Geschichten in eurem so kostbaren Meer Widerstand zu leisten vermag. Diese konzentrierten Gifte sind es, die wir eins nach dem anderen ins Meer gießen. Ihr habt gesehen, wie dick das Gift hier ist – so dick wie Sirup. Das kommt daher, daß all die Schattenerzählungen so stark komprimiert sind. Ganz allmählich werden sie mit den Meeresströmungen hinausfließen, und jede Antigeschichte wird sich das ihr bestimmte Opfer suchen. Tag für Tag produzieren wir neue Gifte und setzen sie frei! Tag für Tag morden wir neue Erzählungen! Sehr, sehr bald schon wird das ganze Meer tot sein – eiskalt und tot. Und wenn schwarzes Eis seine Oberfläche bedeckt, wird mein Triumph vollendet sein.«

»Aber warum hassen Sie die Geschichten so sehr?« stieß Harun völlig benommen hervor. »Geschichten machen Spaß ...«

»Die Welt jedoch ist nicht zum Spaß da«, entgegnete Khattam-Shud. »Die Welt ist zum Beherrschen da.«

»Welche Welt?« gab Harun kühn zurück.

»Eure Welt, meine Welt, alle Welten«, lautete die Antwort. »Sie alle sind nur da, um beherrscht zu werden. Und in jeder einzelnen Geschichte, in jeder Strömung des Meeres, liegt eine Welt, eine Geschichtenwelt, die ich leider nicht beherrschen kann. Das ist der Grund für das Ganze hier.«

Nun wies sie der Kultmeister auf die Kühlmaschinen hin, durch die die Gifte, die Antigeschichten, auf den entsprechend tiefen Temperaturen gehalten wurden. Und er zeigte ihnen die Filtriermaschinen, in denen die Gifte von Verschmutzungen und Unreinheiten befreit wurden, damit sie hundertprozentig rein und somit hundertprozentig tödlich wurden. Anschließend erklärte er ihnen, warum das Gift im Verlauf des Herstellungsprozesses einige Zeit in den Kesseln an Deck lagern mußte: »Wie jeder gute Wein werden auch die Antigeschichten besser, wenn man sie eine Zeitlang an der Luft ›atmen‹ läßt, bevor sie ausgegossen werden.«

Nach elf Minuten konnte sich Harun nicht mehr konzentrieren, aber er folgte Khattam-Shud und dem Wasser-Dschinn über den Laufgang, bis sie in einen anderen Teil des Schiffsbauchs gelangten, wo die Chupwalas große, geheimnisvolle Segmente aus einem Material zusammenfügten, das aussah wie harter schwarzer Gummi.

»Und hier«, sagte der Kultmeister (irgend etwas in seiner Stimme bewirkte, daß Harun wieder zuhörte), »stellen wir den Stöpsel her.«

»Was für einen Stöpsel?« rief Wenn sogleich, denn ein entsetzlicher Verdacht stieg in ihm auf. »Sie meinen doch nicht etwa ...«

»Ihr habt sicher den riesigen Kran oben an Deck gesehen, nicht wahr?« fuhr Khattam-Shud mit seiner monotonen Stimme fort. »Und ihr werdet auch die Ketten bemerkt haben, die ins Wasser hinabhängen. Am anderen Ende dieser Ketten montieren Chupwala-Taucher mit Hochgeschwindigkeit den größten und sichersten Stöpsel aller Zeiten. Er ist inzwischen fast fertiggestellt, ihr kleinen Spione, fast vollständig; also werden wir ihn in wenigen Tagen seiner Verwendung zuführen können. Mit diesem Stöpsel werden wir nämlich den Urquell selber verschließen, die Quelle aller Geschichten, die senkrecht unter diesem Schiff dem Grund des Meeres entspringt. Solange dieser Urquell frei sprudeln kann, wird frisches, unvergiftetes und heilendes Erzählwasser ins Meer emporsteigen, und unser Werk wird nicht vollendet sein. Aber wenn er dann endlich zugestöpselt ist ... o ja, dann wird die Widerstandskraft des Meeres gegen meine Antigeschichten erlahmen, und das Ende wird nicht mehr fern sein. Und dann, Wasser-Dschinn – was bleibt euch Guppees dann noch übrig, als den Sieg Bezabans zu akzeptieren?«

»Niemals!« widersprach Wenn heftig, aber es klang nicht sehr überzeugend.

»Wie können diese Taucher sich im Wasser aufhalten, ohne dabei Schaden zu nehmen?« erkundigte sich Harun.

Khattam-Shud zeigte ein ironisches kleines Lächeln. »Aha, wieder aufmerksam geworden, wie?« sagte er. »Die Antwort liegt doch auf der Hand: weil sie

Schutzkleidung tragen. Hier in diesem Schrank hängen zum Beispiel auch einige Giftschutzanzüge.«

Er führte sie weiter, an der Stöpsel-Montage-Zone vorbei, bis zu einem Teil der Halle, der von der größten Maschine auf dem gesamten Schiff eingenommen wurde.

»Und das« – Khattam-Shud konnte nicht verhindern, daß sich eine Andeutung von Stolz in seine monotone klanglose Stimme schlich – »ist unser Generator.«

»Wozu brauchen Sie den?« wollte Harun wissen, der noch nie eine besondere Begabung für Technik an den Tag gelegt hatte.

»Er wird benutzt, um durch elektromagnetische Induktion mechanische Energie in elektrische zu verwandeln«, erklärte Khattam-Shud. »Wenn du's unbedingt genau wissen willst.«

Harun ließ sich nicht beirren. »Soll das heißen, daß das hier Ihre Energiequelle ist?« fragte er weiter.

»Genau das«, bestätigte der Kultmeister. »Wie ich sehe, ist die Schulbildung auf der Erde doch noch nicht völlig zum Erliegen gekommen.«

In diesem Moment geschah etwas ganz Überraschendes.

Durch eines der offenen Bullaugen, wenige Schritte vom Kultmeister entfernt, begannen sich seltsame, wurzelförmige Tentakeln ins Innere des schwarzen Schiffes zu tasten. Sie drangen mit großer Geschwindigkeit vor, eine riesige, unförmige Pflanzenmasse, zu der auch eine einzelne fliederfarbene Blüte gehörte. Haruns Herz tat einen Freudensprung. »M …«, begann er, verschluckte aber klugerweise den Rest des Namens.

Mali war (wie Harun später erfuhr) der Gefangenschaft entgangen, indem er das Aussehen eines leblosen Wurzelgeflechts annahm. Dann hatte er sich langsam auf das schwarze Schiff zutreiben lassen und war mit Hilfe der Saugnäpfe an einigen der Tentakeln, aus denen sein Körper bestand, wie eine Schlingpflanze außen am Schiffsrumpf emporgeklettert. Nachdem er nun seinen dramatischen Auftritt beendet und sich im Handumdrehen in seine vertrautere Mali-Gestalt zurückverwandelt hatte, wurde sofort Alarm gegeben: »Eindringlinge! Eindringlinge! Alarrrm!«

»Dunkelheit einschalten!« kreischte Khattam-Shud, und sein bisheriges gleichmütiges Verhalten fiel von ihm ab wie eine Maske. Mali bewegte sich mit Höchstgeschwindigkeit auf den Generator zu und hatte, noch ehe die Dunkelbirnen eingeschaltet wurden, die gigantische Maschine erreicht, wobei er unterwegs verschiedenen Mitgliedern der Chupwala-Leibwache geschickt auswich, deren Sehstärke aufgrund des Dämmerlichts (und trotz der recht modischen, fest anliegenden Sonnenbrillen) im Moment nicht ganz den Anforderungen entsprach. Ohne eine Sekunde innezuhalten, sprang der Schwimmende Gärtner, indem er gleichzeitig seinen Körper entwirrte, hoch in die Luft, um sich mit allen Wurzeln und Tentakeln über den Generator zu werfen und sich in jede Ritze und Spalte der riesigen Maschine zu zwängen.

Dieses geschickte Manöver bewirkte, daß es im Innern

des Generators zu knacken, zu sprühen und zu zischen begann, daß Schaltkreise durchbrannten und Zahnräder blockierten, um gleich darauf knirschend und bebend zum Stehen zu kommen. Und damit brach die Stromversorgung des schwarzen Schiffes zusammen: Rührer hörten auf zu rühren; Wirbler hörten auf zu wirbeln; Zwirbler hörten auf zu zwirbeln; Mixer hörten auf zu mixen; Schnippler hörten auf zu schnippeln; Presser hörten auf zu pressen; Gefrierer hörten auf zu gefrieren; Giftlagerer hörten auf zu lagern; und Giftspeier hörten auf zu speien. Die gesamte Produktion stand still!

»Hurra, Mali!« jubelte Harun. »Gute Arbeit, Mister, erstklassig!«

Nun stürzten sich Chupwala-Wachen in großer Zahl auf Mali, zerrten mit bloßen Händen an ihm, hackten mit Äxten und Messern auf ihn ein; doch für ein Wesen, das zäh genug war, den konzentrierten Giftmischungen zu widerstehen, die Khattam-Shud ins Meer der Geschichten leitete, waren das nicht mehr als Flohstiche. Er klammerte sich an den Generator, bis er sicher war, ihn so gründlich beschädigt zu haben, daß er nicht gleich wieder repariert werden konnte; und während er so auf der Maschine hing, begann er auf seine rustikale Gärtnerart durch die fliederfarbene Blüte, die er als Mund benutzte, zu singen:

»Man hackt ein Stück Holz,
Bis es zerbricht,
Man hackt sogar Leber,

Nur mich hackt man nicht!
Man hackt einen Braten,
Ein köstlich' Gericht!
Man hackt auch Computer.
Nur mich hackt man nicht!«

Okay, dachte Harun, als er sah, daß Khattam-Shud seine Aufmerksamkeit ganz auf den Schwimmenden Gärtner konzentrierte, nun aber los, Harun! Dies ist deine Chance: jetzt oder nie!

Er hielt das kleine Not-Beißlicht noch immer unter der Zunge versteckt. Hastig schob er es zwischen die Zähne und biß zu.

Das Licht, das seinem Mund entströmte, leuchtete so strahlend hell wie die Sonne! Alle Chupwalas ringsum waren geblendet und brachen ihr ewiges Schweigegelübde, um sich unter lautem Geschrei und wilden Flüchen die Augen zuzuhalten. Selbst Khattam-Shud zuckte vor der stechenden Helligkeit zurück.

Nun handelte Harun so schnell, wie er noch nie im Leben gehandelt hatte. Er nahm das Beißlicht aus dem Mund und hielt es so hoch über seinen Kopf, daß das Licht in alle Himmelsrichtungen strahlte und den gesamten riesigen Innenraum des dicken Schiffes beleuchtete. Diese Eierköpfe im Vzsze-Haus verstehen ihr Geschäft, dachte Harun staunend. Inzwischen hatte er sich in Trab gesetzt, denn die Sekunden tickten dahin. Als er an Khattam-Shud vorbeikam, streckte er die freie Hand aus und entriß dem Kultmeister das Gehirnkästchen des Wiedehopfs. Ohne innezuhalten, lief er weiter bis zu dem Schrank mit den Schutzanzügen für die Chupwala-Taucher. Inzwischen war bereits eine Minute vergangen.

Harun stopfte das Gehirn des Wiedehopfs in eine Tasche seines Nachthemds und begann sich in den Taucheranzug zu zwängen. Um dazu beide Hände benutzen zu können, legte er das Beißlicht auf einem nahen Geländer ab. »Verflixt, wie kommt man in dieses Ding bloß rein?« keuchte er verzweifelt, weil sich der Taucheranzug partout nicht überstreifen lassen wollte. (Und die Tatsache, daß er ihn über ein langes rotes Nachthemd mit lila Flicken ziehen mußte, wirkte sich auch nicht eben förderlich aus). Die Sekunden tickten dahin.

Obwohl sich Harun hektisch mit dem Taucheranzug abmühte, entging ihm kaum etwas von dem, was sich in seiner Umgebung abspielte. So bemerkte er zum Beispiel, daß Khattam-Shud persönlich den Wasser-Dschinn bei seinem blauen Bart gepackt hatte. Und ebenso, daß keiner der Chupwalas einen Schatten besaß! Das konnte wirklich nur eines bedeuten: daß Khattam-Shud seinen vertrauenswürdigsten Anhängern, dem Club der Versiegelten Lippen, gezeigt hatte, wie man sich von seinem Schatten löst. Dann sind das alles hier also Schatten, sagte er sich. Das Schiff, die Bande der Versiegelten Lippen und Khattam-Shud selbst. Alles und jeder hier ist ein Substanz gewordener Schatten, das heißt natürlich bis auf Mali, Wenn, Aber und mich.

Zum dritten bemerkte Harun folgendes: Sobald der

hell strahlende Schein des Beißlichts den Innenraum des schwarzen Schiffes erfüllte, schien das Schiff sekundenlang zu erzittern und um eine Spur weniger fest, um eine Spur schattenhafter zu werden. Doch auch die Chupwalas erzitterten, ihre Konturen wurden weicher, und sie begannen ihre dreidimensionale Gestalt zu verlieren ... Wenn nur die Sonne hier scheinen könnte, dachte Harun; dann würden sie alle dahinschmelzen, würden so flach und formlos werden, wie es Schatten üblicherweise sind!

In diesem trüben Dämmerlicht war jedoch nirgendwo Sonne zu entdecken, und immer mehr Sekunden vergingen. In dem Moment jedoch, als die zwei Lichtminuten vorüber waren, zog Harun den Reißverschluß seines Taucheranzugs zu, setzte die Taucherbrille auf und sprang kopfüber durch ein Bullauge in das vergiftete Meer hinab.

Als er auf der Wasseroberfläche aufschlug, überfiel ihn ein entsetzliches Gefühl der Hoffnungslosigkeit. Was hast du vor, Harun? fragte er sich. Den ganzen Weg nach Gup City zurückschwimmen?

Endlos sank er ins Meer hinab. Aber je tiefer er kam, desto weniger verschmutzt waren die Geschichtenströme, und desto besser konnte er sehen.

Dann entdeckte er den Stöpsel. Zahllose Chupwala-Taucher machten sich an ihm zu schaffen und schweißten immer neue Teile an. Zum Glück waren sie zu beschäftigt, um Harun zu bemerken ... Der Stöpsel hatte etwa die Größe eines Football-Stadions und war

annähernd oval, seine Ränder jedoch gezackt und uneben, denn er wurde so präzise geformt, daß er den Urquell, die Quelle der Geschichten, lückenlos verschloß; natürlich mußten die beiden Formen, Stöpsel und Quellenöffnung, perfekt ineinanderpassen.
Immer tiefer sank Harun ... und dann, o Wunder, sah er endlich die Quelle selbst.
Die Quelle der Geschichten war ein Loch, wie ein Abgrund oder Krater im Meeresboden, und aus diesem Loch quoll vor Haruns Augen, direkt aus dem Herzen von Kahani, der leuchtende Fluß reiner, unverfälschter Geschichten. So viele Geschichtenströme, so viele verschiedene Farben kamen zugleich aus diesem Urquell hervor, daß es aussah wie ein riesiger Unterwasserspringbrunnen aus strahlend weißem Licht. In diesem Augenblick begriff Harun, daß alles wieder gut würde, wenn er nur verhinderte, daß die Quelle verschlossen wurde. Die neuen Ströme der Geschichten würden das vergiftete Wasser reinigen, und Khattam-Shuds Plan würde fehlschlagen. Inzwischen war er auf dem tiefsten Punkt seines Tauchabenteuers angelangt, und während er wieder zur Oberfläche emporzusteigen begann, wünschte er sich von ganzem Herzen: O könnte ich doch bitte, bitte, etwas tun!
In diesem Moment streifte er mit der Hand zufällig den Taucheranzug in Höhe des Oberschenkels und spürte eine Ausbuchtung in der Nachthemdtasche darunter. Komisch, dachte er verwundert, ich hab das Gehirnkästchen des Wiedehopfs doch in die Tasche auf der anderen Seite gesteckt! Dann fiel ihm ein, was

sich in dieser Tasche befand, was dort – von ihm selber völlig vergessen –, seit seiner Ankunft auf Kahani steckte. Und Harun erkannte im Bruchteil einer Sekunde, daß es doch etwas gab, was er unternehmen konnte.

Mit einem *Whuuusch!* kehrte er an die Oberfläche zurück und schob sofort die Brille hoch, um mehrmals tief Luft zu holen (wobei er sorgsam darauf achtete, daß ihm das vergiftete Meerwasser nicht ins Gesicht schwappte). Und wie der glückliche Zufall es wollte – war ja auch Zeit, daß ich ein bißchen Glück habe, dachte Harun –, tauchte er unmittelbar neben der Gangway auf, an der der hilflose Wiedehopf festgemacht worden war. Der Suchtrupp, den Khattam-Shud damit beauftragt hatte, Harun zurückzuholen, zog indessen samt den mit Dunkelbirnen ausgestatteten Handscheinwerfern quer über die Lichtung in Richtung Unkrautdschungel davon und durchkämmte mit langen Strahlen absoluter, pechschwarzer Dunkelheit den Dschungel. Gut, dachte Harun, hoffentlich suchen sie noch sehr lange in dieser Richtung weiter. Damit stemmte er sich aus dem Wasser auf die Gangway, öffnete den Reißverschluß seines Taucheranzugs und holte das Gehirnkästchen des Wiedehopfs hervor. »Ich bin kein Ingenieur, Wiedehopf«, murmelte er, »aber sehen wir mal, ob wir den Stecker trotzdem wieder richtig reinkriegen.«
Zum Glück hatten die Chupwalas vergessen, den Dekkel auf dem Kopf des Wiedehopfs festzuschrauben.

Also kletterte Harun so behutsam wie möglich auf Abers Rücken, hob den Deckel und spähte hinein.
In der leeren Kopfhöhle hingen drei lose Kabel. Die entsprechenden Kontakte im Gehirnkästchen zu finden fiel Harun nicht schwer. Doch welches Kabel gehörte zu welchem Kontakt? Na schön, sagte er sich, ein Versuch kann nicht schaden. Und steckte die drei Kabel aufs Geratewohl in die Kontakte.
Aber der Wiedehopf stieß jedoch nur eine Reihe beunruhigender Kicher-, Quak- und anderer komischer Laute aus und stimmte dann ein verrücktes kleines Liedchen an:

»Unter und runter mußt du singen,
Dann kannst du ihn unter- und runterbringen.«

Ich hab sie falsch montiert, dachte Harun verzweifelt, und jetzt ist er völlig übergeschnappt! Laut sagte er: »Bitte, Wiedehopf, sei still!«
»Sieh nur, sieh! Eine Maus. Frieden, Frieden! Mit diesem Stück Käse wird's wohl gehen«, schnatterte Aber der Wiedehopf völlig sinnlos. *»Kein Problem.«*
Hastig löste Harun die drei Kabel von den Kontakten und wechselte sie aus. Diesmal begann Aber der Wiedehopf so ungebärdig wie ein wildes Pferd zu bocken und zu buckeln, daß Harun die Kabel herausreißen mußte, um nicht wieder ins Meer geworfen zu werden. Aller guten Dinge sind drei, dachte er, holte tief Luft und tauschte die Kabel abermals aus.
»He, warum hast du so lange gebraucht?« erkundigte

sich der Wiedehopf mit seiner gewohnten Stimme. »Alles in Butter. Jetzt wird gestartet. Ka-ka-ka-wuuu-ummmm!«

»Immer sachte mit den jungen Pferden, Wiedehopf«, flüsterte Harun eindringlich. »Du bleibst hier sitzen und tust so, als wärst du noch immer ohne Gehirn. Ich muß noch schnell was erledigen.«

Nun endlich langte er in seine andere Nachthemdtasche und zog das Fläschchen aus reich facettiertem Kristall mit dem kleinen goldenen Verschluß heraus. Das Fläschchen war noch zur Hälfte mit der goldenen Zauberflüssigkeit gefüllt, die Wenn der Wasser-Dschinn ihm vor einer Weile – Harun kam es wie eine Ewigkeit vor – überreicht hatte: Wunschwasser. »Je fester du wünschst, desto besser wirkt es«, hatte der Dschinn ihm erklärt. »Wenn du dich ernsthaft bemühst, bemüht sich das Wunschwasser auch ernsthaft für dich.«

»Es könnte länger als elf Minuten dauern«, flüsterte Harun dem Wiedehopf zu, »aber ich werde es richtig machen. Warte nur ab.« Damit schraubte er den goldenen Deckel auf und trank das Wunschwasser bis auf den letzten Tropfen.

Alles, was er sah, war ein goldenes Licht, das ihn einhüllte wie ein warmes Tuch ... Ich wünsche mir, dachte Harun Khalifa, kniff konzentriert die Augen zusammen und begann mit jeder Faser seines Seins zu wünschen: Ich wünsche mir, daß sich der Mond Kahani dreht, damit er nicht mehr zur Hälfte hell und zur Hälfte dunkel ist ... Ich wünsche mir, daß er sich jetzt,

in dieser Sekunde, so dreht, daß die Sonne auf das schwarze Schiff herabscheint, die helle, heiße Mittagssonne.
»Großartiger Wunsch«, lobte ihn der Wiedehopf bewundernd. »Wird bestimmt sehr interessant: deine Willenskraft gegen die Vorgänge-zu-schwierig-zu-erklären.«

Die Minuten vergingen: eine, zwei, drei, vier, fünf. Harun lag lang ausgestreckt auf dem Rücken des Wiedehopfs und vergaß die Zeit, vergaß alles andere außer seinem Wunsch. Im Unkrautdschungel merkten die Chupwala-Häscher, daß sie in der falschen Richtung suchten, und machten sich auf den Rückweg zum schwarzen Schiff. Die Strahlen ihrer Dunkelbirnen-Handscheinwerfer durchschnitten suchend das Dämmerlicht. Aus reinem Zufall fiel keiner dieser Strahlen auf Aber den Wiedehopf. Weitere Minuten vergingen: sechs, sieben, acht, neun, zehn.
Elf Minuten vergingen.
Harun blieb lang ausgestreckt, mit fest geschlossenen Augen liegen und konzentrierte sich.
Auf einmal traf ihn ein Dunkelstrahl des Chupwala-Suchtrupps. Das Zischeln der Häscher tönte weithin über die Lichtung. Auf ihren schwarzen Seepferden kamen sie, so schnell sie konnten, auf den Wiedehopf zugaloppiert.
Doch dann ging, unter mächtigem Zittern und Beben, Harun Khalifas Wunsch in Erfüllung!
Der Mond Kahani drehte sich – sehr schnell, denn wie

Harun in seinem Wunsch dargelegt hatte, war keine Zeit mehr zu verlieren –, die Sonne ging mit rasender Geschwindigkeit auf und schoß am Himmel empor, bis sie senkrecht über ihnen stand. Wo sie mit einem deutlichen Ruck stehenblieb.

Hätte sich Harun in diesem Moment in Gup City befunden, so hätte es ihm vielleicht Spaß gemacht, die bestürzten Mienen der Eierköpfe im Vzsze-Haus zu sehen. Die riesigen Supercomputer und gigantischen Gyroskope, die das Verhalten des Mondes bestimmt hatten, um das unaufhörliche Tageslicht, die immerwährende Dunkelheit und die Schattenzone dazwischen zu gewährleisten, waren regelrecht durchgedreht und schließlich explodiert. »Wer immer das bewirkt hat«, berichteten die Eierköpfe dem Walroß entsetzt, »besitzt eine so große Macht, daß sie sich unserer Vorstellungskraft und erst recht unserer Kontrolle entzieht.«

Aber Harun war nicht in Gup City, wo die Einwohner offenen Mundes auf die Straße hinausliefen, als sich zum erstenmal seit Menschengedenken die Dunkelheit über Gup legte und die Sterne der Milchstraße den Himmel füllten. Nein, Harun lag auf dem Rücken des Wiedehopfs und sah, als er die Augen aufschlug, daß strahlendes Sonnenlicht auf das Meer und das schwarze Schiff fiel. »Na, so was!« sagte er verwundert. »Ich hab's tatsächlich geschafft!«

»Ich habe keinen Moment daran gezweifelt«, behauptete Aber der Wiedehopf, ohne den Schnabel zu bewegen. »Den ganzen Mond allein durch Willenskraft be-

wegen? Nicht das geringste Problem, Mister, habe ich mir gedacht.«
Nun spielten sich rings um sie herum außerordentliche Dinge ab. Die Chupwala-Häscher, die auf ihren schwarzen Seepferden auf Harun zugerast kamen, begannen zu kreischen und zu zischeln, als das Sonnenlicht sie traf; gleich darauf bekamen sowohl die Chupwalas als auch ihre Pferde verschwommene Konturen und fingen an zu schmelzen ... in das tödlich vergiftete Meerwasser zu sinken ... sich in normale Schatten zu verwandeln ... und dann völlig zu verbrodeln ...
»Sieh doch!« schrie Harun. »Sieh dir an, was mit dem Schiff passiert!«
Die Sonne hatte die schwarze Magie des Kultmeisters Khattam-Shud besiegt. In diesem Licht vermochten die Schatten nicht fest zu bleiben, und auch das riesige Schiff selbst hatte zu schmelzen, seine Form zu verlieren begonnen wie ein Eiscremeberg, der aus Versehen in der Sonne liegengelassen wurde.
»Wenn! Mali!« schrie Harun und hastete, ohne Abers Warnungen zu beachten, die Gangway empor (die immer weicher wurde) auf das schon Blasen werfende Deck.

Als er endlich das Deck erreichte, war es so klebrigzäh und weich geworden, daß Harun das Gefühl hatte, durch frischen Teer oder auch Kleister zu waten. Die Chupwala-Soldaten kreischten und rannten wie wahnsinnig umher, während sie sich vor Haruns Augen in Pfützen von Schatten auflösten und schließlich ganz und gar verschwanden, denn nachdem die Sonne Khattam-Shuds Zauberei besiegt hatte, vermochte kein Schatten zu überleben, ohne mit jemandem oder mit etwas als dessen Schatten verbunden zu sein. Der Kultmeister, genauer gesagt, sein Schatten-Ich war nirgends zu sehen.

Aus den Kesseln an Deck entwich dampfend das Gift; die Kessel selbst wurden immer schlaffer und schmolzen dahin wie weiche Butter. Sogar der gigantische Kran, an dem mit dicken Ketten der Stöpsel befestigt war, wankte und schwankte im todbringenden Licht des Tages.

Der Wasser-Dschinn und der Schwimmende Gärtner hingen an Stricken, die um ihre Taille geknotet und dann an den kleineren Kränen neben den Tanks befestigt waren, über zwei Giftkesseln. Gerade als Harun sie entdeckte, zerrissen die Stricke (auch sie waren aus Schattenseilen gedreht), und Wenn und Mali fielen tief in die tödlichen Kessel hinab. Harun stieß einen angstvollen Schrei aus.

Aber die Sonne hatte das Gift in den Kesseln verkocht, und die Kessel selbst waren so weich geworden, daß Wenn und Mali vor Haruns Augen mit bloßen Händen große Stücke heraus- und Löcher hineinreißen konnten, weit genug, um durch sie herauszuspazieren. Die Kessel wie auch das Deck besaßen inzwischen die Konsistenz von laufendem Käse. »Bloß schnell raus hier«, warnte Harun. Die anderen folgten ihm die schmelzende, gummiweiche Gangway hinab. Wenn und Harun kletterten an Bord von Aber dem Wiedehopf, während Mali neben ihnen aufs Wasser hinaustrat.

»Auftrag ausgeführt«, rief Harun fröhlich. »Volle Kraft voraus, Wiedehopf!«

»Wumm-karuumm!« bestätigte der Wiedehopf, ohne den Schnabel zu bewegen, löste sich von dem schwarzen Schiff und schwamm eilig auf den Kanal zu, den Mali durch den Unkrautdschungel gehauen hatte. Doch dann ertönte auf einmal ein höchst unangenehm klingendes Geräusch, aus der Gehirnöffnung des Wiedehopfs stieg brenzliger Geruch auf, und sie blieben ruckartig stehen.

»Er hat einen Kurzen«, erklärte Wenn. Harun war untröstlich. »Ich glaube, ich habe doch nicht die richtigen Kontakte gefunden«, klagte er. »Und ich hielt mich für so großartig! Jetzt ist er kaputt und wird nie wieder funktionieren!«

»Das Wunderbare an einem mechanischen Gehirn«, versuchte Wenn ihn zu trösten, »ist doch, daß es repariert, überholt, ja sogar ersetzt werden kann. Die Werkstatt in Gup City hat immer Ersatzteile parat. Wenn wir den Wiedehopf dahin schaffen könnten, wäre alles in Butter, paletti, geritzt.«

»Wenn wir überhaupt irgendwo hinkommen können«, sagte Harun. Denn sie trieben steuerlos in der Alten Zone umher, ohne jede Hoffnung auf Hilfe. Nach allem, was wir durchgemacht haben, dachte Harun, ist das aber nun wahrhaftig nicht fair!

»Ich kann euch ja eine Weile schieben«, erbot sich Mali und hatte gerade damit begonnen, als das schwarze Schiff des Kultmeisters Khattam-Shud endgültig zerschmolz und der noch immer unfertige Stöpsel, ohne Schaden anzurichten, so auf den Meeresboden sank, daß die Quelle der Geschichten unverschlossen blieb. Nun würden weiterhin neue Geschichten aus ihr hervorsprudeln, und eines Tages würde das Meer wieder sauber sein, und alle Geschichten, auch die ältesten, würden wieder so gut schmecken wie neu.

Schließlich versagten Malis Kräfte, und er konnte nicht mehr schieben; zutiefst erschöpft sank er quer über den Rücken des Wiedehopfs. Es war inzwischen Spätnachmittag (der Mond Kahani hatte sich mit »normaler« Geschwindigkeit weitergedreht), und so trieben sie über das südliche Polarmeer dahin, ohne zu wissen, was sie tun sollten.

In diesem Moment begann das Wasser neben ihnen zu blubbern und zu schäumen, und Harun erkannte mit unendlicher Erleichterung die zahllosen lächelnden Mundöffnungen der Vielmaulfische.

»Goopy!, Bagha!« begrüßte er sie voll Freude. Und sie gaben zurück:

»Hallo, Freunde! Die Not ist vorbei!«
»Wir bringen euch heim! Ihr seid wieder frei!«
»Ihr wart so tapfer! Nun ruht euch aus!«
»Wir bringen euch schnell und sicher nach Haus!«

Dann nahmen Bagha und Goopy die Zügel des Wiedehopfs in ihre Mundöffnungen und zogen die Gefährten aus der Alten Zone heraus. »Ich möchte wissen, was aus Khattam-Shud geworden ist«, sagte Harun.

Der Wasser-Dschinn zuckte zufrieden die Achseln. »Erledigt, dafür kann ich garantieren«, behauptete er. »Kein Entkommen für den Kultmeister. Geschmolzen wie all die anderen. Es ist aus mit ihm, er gehört der Vergangenheit an, gute Nacht, Freunde. Mit anderen Worten: Er ist *khattam-shud.*«

»Aber das war nur sein Schatten-Ich, weißt du nicht mehr?« bemerkte Harun sachlich. »Der andere Kultmeister, der echte, befindet sich jetzt vermutlich gerade in der Schlacht mit General Kitab, der Armee der Buchseiten, Mudra und meinem Vater – und Plaudertasch.« Ach, Plaudertasch, dachte er insgeheim, ich möchte wissen, ob sie mich ein ganz klein bißchen vermißt hat!

Was vormals die Schattenzone gewesen war, lag nun im letzten Licht der untergehenden Sonne. Von nun an wird Kahani ein vernünftiger Mond sein, dachte Harun, mit richtigen Tagen und Nächten. Und weit weg im Nordosten sah er, zum erstenmal seit vielen Zeitaltern von der Abendsonne beleuchtet, den Küstenstreifen des Landes Gup.

ELFTES KAPITEL

PRINZESSIN BATCHEAT

Nun muß ich euch aber schnell erzählen, was alles geschah, während Harun in der Alten Zone festsaß:

Prinzessin Batcheat Plappergee wurde, wie ihr euch erinnern werdet, im höchsten Raum des höchsten Turmes der Zitadelle von Chup gefangengehalten, der gewaltigen, ganz aus schwarzem Eis erbauten Burgfestung, die über Chup City aufragte wie ein riesiger Flugsaurier oder Urvogel. Und so marschierte die Guppee-Armee mit General Kitab, Prinz Bolo und Mudra dem Schattenkrieger an der Spitze geradewegs auf Chup City zu.

Chup City lag im tiefsten Herzen der immerwährenden Finsternis, und die Luft war in dieser Gegend so kalt, daß sie an den Nasen der Leute zu Eiszapfen gefror, die an der Nasenspitze hängenblieben, bis man sie abbrach. Aus diesem Grund trugen die Chupwalas, die dort lebten, kleine kugelrunde Nasenwärmer, die sie wie Zirkusclowns aussehen ließen – nur daß die Nasenwärmer schwarz waren.

An die Soldaten von Gup dagegen wurden, als sie in die Finsternis hineinmarschierten, rote Nasenwärmer ausgegeben. Also ehrlich, das sieht allmählich aus wie ein Krieg zwischen lauter Possenreißern, dachte Raschid der Geschichtenerzähler, als er seine falsche rote Nase aufsetzte. Auch Prinz Bolo fand diese Dinger ausgesprochen würdelos, war sich allerdings klar darüber, daß eine erfrorene Nase mit einem Eiszapfen daran sogar noch entwürdigender aussehen würde. Also schimpfte er zwar ärgerlich vor sich hin, setzte den Nasenwärmer aber trotzdem auf.

Dann gab es da noch die Helme. Den Soldaten von Gup hatte man (auf Veranlassung des Walrosses und der Eierköpfe im Vzsze-Haus) die wohl seltsamste Kopfbedeckung verpaßt, die Raschid jemals gesehen hatte. Rings um den Rand eines jeden Helms lief eine Art Hutband, das, sobald man den Helm aufsetzte, strahlend hell aufleuchtete. Und weil sie alle leuchtende Ringe um den Kopf trugen, sahen die Soldaten von Gup wie ein Regiment von Engeln oder Heiligen aus. Die gesammelte Leuchtkraft dieser »Heiligenscheine« sollte es den Guppees ermöglichen, ihre Feinde auch in der immerwährenden Finsternis wenigstens annähernd auszumachen, während die Chupwalas von dieser Helligkeit trotz ihrer recht modischen, enganliegenden Sonnenbrillen vermutlich stark geblendet würden.

Dies ist wahrhaftig eine Kriegführung nach allen Regeln der Kunst, dachte Raschid ironisch. Beim Kampf wird keine der beiden Armeen die andere richtig sehen können.

Vor den Toren von Chup City lag das Schlachtfeld: die weite Ebene Bat-Mat-Karo mit je einer kleinen Erhebung an beiden Enden, auf der die gegnerischen Befehlshaber ihre Zelte aufschlagen und den Verlauf des Kampfes verfolgen konnten. Zu General Kitab, Prinz

Bolo und Mudra gesellten sich auf dem Feldherrnhügel der Guppees noch Raschid der Geschichtenerzähler (der gebraucht wurde, weil nur er in der Lage war, Mudras Gebärdensprache für die anderen zu übersetzen) sowie eine Abteilung – oder Broschüre – von Buchseitensoldaten, darunter auch Plaudertasch, die als Melder und Wachtposten dienten. Die Guppee-Befehlshaber, alle ein bißchen lächerlich mit ihren roten Nasen, ließen sich vor der Schlacht in ihrem Zelt zu einer leichten Mahlzeit nieder. Während sie noch aßen, näherte sich ihnen ein Chupwala-Reiter, ein kleiner Federfuchsertyp, auf dessen Umhang das Zeichen der Versiegelten Lippen prangte, und schwenkte eine weiße Fahne.

»Nun, Chupwala«, erkundigte sich Prinz Bolo schneidig und ein bißchen töricht, »was ist dein Begehr? Donnerwetter«, setzte er dann jedoch unhöflich hinzu, »was für ein mickriger, knickriger, verdruckster, duckmäuserischer Bursche du doch bist!«

»Schockschwerenot, Bolo!« donnerte General Kitab. »So spricht man nicht mit einem Parlamentär, der die weiße Fahne schwenkt!«

Der Parlamentär grinste bösartig und überheblich. »Der Hohe Kultmeister Khattam-Shud hat mir Dispens von meinem Schweigegelübde gewährt, um euch folgende Botschaft zu überbringen«, erklärte er mit heiser-zischelnder Stimme. »Er sendet euch Grüße und läßt euch mitteilen, daß ihr widerrechtlich auf den geheiligten Boden von Chup vorgedrungen seid. Er wird weder mit euch verhandeln noch euren spionierenden Naseweis Batcheat ausliefern. Reichlich viel Lärm macht sie übrigens auch noch – einfach nicht auszuhalten!« ergänzte der Abgesandte und tat damit eindeutig seine persönliche Meinung kund. »Sie martert unsere Ohren mit ihren Gesängen! Und was ihre Nase betrifft und ihre Zähne ...«

»Darauf brauchen wir jetzt nicht einzugehen«, fiel General Kitab ihm ins Wort. »Verflixt noch mal, deine persönliche Meinung interessiert uns nicht! Komm endlich zur Sache mit deiner verdammten Botschaft!«

Der Chupwala-Parlamentär räusperte sich: »Daher lautet Khattam-Shuds Warnung: Wenn ihr euch nicht sofort aus unserem Land zurückzieht, werdet ihr zur Strafe vernichtet. Prinz Bolo von Gup aber soll in Ketten in die Zitadelle gebracht werden, damit er dem Vernähen von Batcheat Plappergees ewig kreischendzeterndem Mund höchstpersönlich beiwohnen kann.«

»Schuft! Schurke! Bube! Flegel! Strolch!« schrie Prinz Bolo. »Die Ohren sollte ich dir abschneiden, in Butter und Knoblauch braten und meinen Jagdhunden vorwerfen!«

»Inzwischen«, fuhr der Chupwala-Parlamentär fort, ohne Bolos Ausbruch auch nur im geringsten zu beachten, »wurde mir der Befehl erteilt, euch vor eurer totalen Niederlage, so ihr es gestattet, ein wenig zu unterhalten. Ich bin nämlich, wenn ich so unbescheiden sein und dies selbst aussprechen darf, der beste Jongleur von ganz Chup City und soll euch, wenn ihr es wünschen solltet, wenigstens noch ein bißchen Freude bereiten.«

Plaudertasch, die hinter Prinz Bolos Feldstuhl stand, platzte heraus: »Dem ist nicht über den Weg zu trauen! Das ist bestimmt ein Trick!«

General Kitab mit seiner Begeisterung für Wortgefechte schien durchaus geneigt, diese Möglichkeit zunächst einmal zur Diskussion zu stellen, Bolo jedoch hob mit majestätischer Geste den Arm und rief: »Schweig still, Soldat! Die Regeln der Ritterlichkeit verlangen, daß wir das Angebot akzeptieren!« Und an den Chupwala-Parlamentär gewandt, sagte er so hochnäsig, wie es ihm nur möglich war: »Wir wollen dich jonglieren sehen, Bursche!«

Der Parlamentär begann mit seiner Vorführung. Aus den Tiefen seines Umhangs holte er eine verwirrende Vielfalt von Gegenständen hervor – Elfenbeinkugeln, Kegel, Jadefiguren, Teetassen aus Porzellan, lebende Schildkröten, brennende Zigaretten, Hüte – und ließ sie in einem Bogen durch die Luft wirbeln, der alle Blicke wie magisch anzog. Je schneller er jonglierte, desto komplizierter wurde seine Darbietung, und sein Publikum war so hypnotisiert von dieser Kunst, daß nur eine einzige Person im Zelt den Augenblick wahrnahm, in dem er der fliegenden Kaskade einen weiteren Gegenstand hinzufügte: einen kleinen, schweren, rechteckigen Kasten, aus dem eine kurze, brennende Zündschnur ragte ...

»Um Himmels willen, paßt doch auf!« schrie Plaudertasch, stürzte nach vorn und stieß Prinz Bolo (mitsamt seinem Feldstuhl) zu Boden. »Der Kerl hat eine gezündete Bombe!«

Mit zwei Sätzen hatte sie den Chupwala-Parlamentär erreicht und fischte mit scharfem Blick und unter Einsatz ihrer ganzen Jongliergeschicklichkeit die Bombe mitten aus dem Kreis steigender, fallender, tanzender Gegenstände heraus. Andere Soldaten packten den überraschten Chupwala, und Figuren, Teetassen, Schildkröten, alles durcheinander purzelten zu Boden ... Doch inzwischen rannte Plaudertasch schon, so schnell die Füße sie tragen wollten, zum Rand des Hügels und schleuderte die Bombe weit hinaus auf die Ebene, wo sie in einem riesigen (nun aber unschädlichen) Ball aus glühendschwarzem Feuer explodierte.
Da ihr dabei der Helm vom Kopf gerutscht war, sahen nun alle das lange Haar, das ihr bis über die Schultern fiel.
Sobald sie die Explosion draußen hörten, kamen Bolo, der General, Mudra und Raschid aus dem Zelt gelaufen. Plaudertasch rang keuchend nach Atem, lächelte jedoch überglücklich.
»Also, die haben wir gerade noch rechtzeitig erwischt«, erklärte sie. »Was für ein Widerling dieser Chupwala doch war! Der hätte glatt Selbstmord begangen, nur um uns zu töten. Ich hab's euch ja gleich gesagt – das war ein Trick.«
Prinz Bolo, dem es überhaupt nicht paßte, wenn jemand erklärte: »Ich hab's euch ja gleich gesagt«, fuhr sie an: »Was soll das, Plaudertasch – bist du ein Mädchen?«
»Wie Sie sehen, Sir«, gab Plaudertasch zurück. »Es wäre sinnlos, das jetzt noch leugnen zu wollen.«

»Du hast uns reingelegt«, beschwerte sich Bolo errötend. »Du hast *mich* reingelegt!«
Plaudertasch ärgerte sich maßlos über Bolos Undankbarkeit. »Entschuldigen Sie, aber Sie reinzulegen ist nicht besonders schwer«, rief sie empört. »Wenn ein Jongleur dazu imstande ist, warum nicht auch ein Mädchen?«
Hinter seinem roten Nasenwärmer wurde Prinz Bolo knallrot im Gesicht. »Du bist gefeuert!« schrie er aus vollem Hals.
»Also, Bolo, verflixt noch mal …« begann General Kitab.
»O nein, bestimmt nicht!« schrie Plaudertasch zurück. »Ich kündige, Mister!«
Mudra der Schattenkrieger hatte all diese Vorgänge mit unergründlichem Ausdruck auf dem grünen Gesicht verfolgt. Nun jedoch gerieten seine Hände in Bewegung, nahmen seine Beine ausdrucksvolle Positionen ein, begannen seine Gesichtsmuskeln zu zucken und Wellen zu schlagen. Raschid übersetzte: »Wir dürfen vor der Schlacht nicht streiten. Wenn Prinz Bolo keine weitere Verwendung für einen so tapferen Soldaten hat – würde Miss Plaudertasch dann vielleicht für mich arbeiten wollen?«
Woraufhin Prinz Bolo von Gup zutiefst beschämt und kleinlaut dreinblickte, während Miss Plaudertasch ganz außerordentlich zufrieden zu sein schien.

Endlich nun begann die Schlacht.
Raschid Khalifa, der die Vorgänge vom Feldherrnhü-

gel der Guppees aus verfolgte, befürchtete sehr, daß die Buchseitenarmee von Gup eine schwere Niederlage erleiden würde. Zerrissen werden wäre vermutlich ein treffenderes Wort für Seiten, sinnierte er, oder vielleicht auch verbrannt. Seine unvermutete Neigung zu blutrünstigen Gedanken verblüffte ihn. Ich glaube, es ist der Krieg, der die Menschen grausam macht, sagte er sich.

Die schwarznasige Chupwala-Armee, deren bedrohliches Schweigen wie bleierner Nebel auf den Soldaten lastete, wirkte so einschüchternd, daß niemand daran geglaubt hätte, sie könne verlieren. Die Guppees hingegen waren noch immer damit beschäftigt, den Schlachtplan bis ins kleinste Detail ausführlich zu diskutieren. Jeder Befehl vom Feldherrnhügel mußte gründlich und mit all seinen Vor- und Nachteilen erörtert werden, selbst wenn er von General Kitab persönlich kam. Wie kann man bloß bei all diesem Geplapper und Geschnatter in den Kampf ziehen? fragte sich Raschid verwundert.

Dann jedoch rückten die beiden Armeen gegeneinander vor, und Raschid entdeckte zu seiner größten Überraschung, daß die Chupwalas den Guppees keinen Widerstand zu leisten vermochten. Die Seiten von Gup kämpften nämlich nun, da sie alles so gründlich durchgesprochen hatten, tapfer und verbissen, blieben zusammen, halfen sich, falls nötig, gegenseitig und wirkten alles in allem wie eine Streitmacht mit einem gemeinsamen, erstrebenswerten Ziel. Die vielen Auseinandersetzungen und Debatten, die uferlosen Diskussionen hatten mächtige Bande der Kameradschaft zwischen ihnen geknüpft, während sich die Chupwalas als ein Haufen zerstrittenen Pöbels entpuppten. Genau wie Mudra der Schattenkrieger vorausgesagt hatte, mußten sich viele von ihnen tatsächlich gegen die eigenen, verräterischen Schatten wehren! Und was die übrigen betraf, so waren sie durch ihr Schweigegelübde und ihre Geheimniskrämerei mißtrauisch und argwöhnisch gegeneinander geworden. Sogar ihren Generälen vertrauten sie nicht. Das Ergebnis war, daß die Chupwalas nicht Schulter an Schulter standen und kämpften, sondern sich gegenseitig hintergingen, einer dem anderen in den Rücken fiel, daß sie meuterten, sich versteckten, desertierten … und nach einem kaum vorstellbar kurzen Gefecht die Waffen einfach wegwarfen und davonliefen.

Nach dem Sieg von Bat-Mat-Karo hielt die Armee oder Bibliothek von Gup triumphalen Einzug in Chup City. Beim Anblick von Mudra schlossen sich zahlreiche Chupwalas den Guppees an. Chupwala-Mädchen mit schwarzen Nasenwärmern eilten auf die vereisten Straßen hinaus, ließen schwarze Schneeflocken auf die rotnasigen Guppees mit ihren leuchtenden Helmen herabrieseln, küßten sie und nannten sie »Befreier von Chup«.

Plaudertasch, deren langes, wehendes Haar nun nicht mehr unter einer Samtkappe oder einem Leuchtringhelm verborgen war, zog die Aufmerksamkeit mehrerer junger Burschen aus Chup City auf sich, hielt sich aber wie Raschid Khalifa in Mudras Nähe. Beider Gedanken kreisten seit dem Ende der Schlacht ständig um Harun. Wo war er nur? War er in Sicherheit? Wann würde er wiederkommen?

Prinz Bolo, der auf seinem tänzelnden mechanischen Roß vorausritt, fing plötzlich an, auf seine gewohnte schneidige, doch ziemlich törichte Art laut zu rufen: »Wo bist du, Khattam-Shud? Komm hervor! Deine Soldaten sind geschlagen, und nun ist die Reihe an dir! Keine Angst, Batcheat, Bolo ist hier! Wo bist du, Batcheat, mein goldenes Mädchen, meine einzige große Liebe? Batcheat, o du meine zauberhafte Batcheat!«

»Wenn du eine Sekunde das Maul halten könntest, wüßtest du längst, wo deine Batcheat wartet!« rief eine Chupwala-Stimme aus der Menge der Neugierigen, die sich angesammelt hatte, um die Guppees zu begrüßen. (Zahlreiche Chupwalas hatten inzwischen das Gesetz des Schweigens gebrochen und jubelten, schrien, lachten und so weiter). »Jawohl, sperr deine Ohren auf!« pflichtete ihm eine weibliche Stimme bei. »Kannst du denn diesen Lärm nicht hören, der uns alle so wahnsinnig macht, daß wir das Saufen angefangen haben?«

»Sie singt?« rief Prinz Bolo erstaunt und legte eine Hand hinters Ohr. »Meine Batcheat singt? Dann still, meine Freunde, lauscht ihrem Gesang!« Er hob den Arm. Die Guppee-Parade kam zum Stehen. Und nun tönte hoch oben von der Zitadelle von Gup eine Frauenstimme herab, die lauthals Liebeslieder sang. Es war

die scheußlichste Stimme, die Raschid Khalifa, der Schah von Bla, jemals vernommen hatte.
Wenn das Batcheat ist, dachte er – wagte es aber nicht auszusprechen –, dann kann ich verstehen, warum der Kultmeister ihr endgültig den Mund stopfen will.

»Oooh, ich sing euch von meinem Bolo,
Den nur nach ihm steht mir der Sinn«,

sang Batcheat, und das Glas der Schaufenster zersprang. Ich glaube, ich kenne dieses Lied, dachte Raschid, aber der Text lautet anders.

»Ich sing euch von einem, den ich kenne
Und den ich nur meinen Bolo nenne«,

sang Batcheat, und Männer und Frauen in der Menge flehten: »Aufhören! Aufhören«! Raschid runzelte die Stirn und schüttelte den Kopf: »Ja, ja, das kommt mir bekannt vor, aber es ist wieder nicht ganz richtig.«

»Er spielt nicht Polo,
Er fliegt nicht solo.
O je, die Liebe macht mich ganz konfus!
Ich bin ja so froh-lo
Wart wie auf Godot-lo
Ich hab diesen Warten-auf-Bolo-Blues«,

sang Batcheat, und Prinz Bolo schrie: »Wundervoll! Wie wundervoll sie singt!« Woraufhin die Menge der

Chupwalas stöhnend entgegnete: »Ach, wenn sie doch endlich einer zum Schweigen brächte!«

»Er heißt nicht Rollo,
Und ist kein Beau-lo,
Ich lii-ii-iiebe nur ihn allein.
Drum hört alle her-lo,
Ich bitte euch sehr-lo,
Denn bald wird dieser Bolo
Mein«,

sang Batcheat, und Prinz Bolo auf seinem tänzelnden Roß fiel vor Wonne beinah in Ohnmacht. »Nun hört euch *das* an!« schwärmte er. »Ist das eine Stimme? Oder etwa nicht?«

»Das muß oder-etwa-nicht sein«, antwortete die Menge laut schreiend, »denn eine Stimme ist das niemals.«

Prinz Bolo war überaus pikiert. »Diese Leute haben offenbar kein Verständnis für guten zeitgenössischen Gesang«, belehrte er General Kitab und Mudra laut. »Deswegen meine ich, wir sollten die Zitadelle jetzt gleich angreifen – falls Sie nichts dagegen haben.«

In diesem Augenblick geschah das Wunder.

Der Boden bebte unter ihren Füßen: einmal, zweimal, dreimal. Die Häuser von Chup City erzitterten; zahlreiche Chupwalas (aber auch Gruppees) schrien vor Angst laut auf. Prinz Bolo fiel von seinem Pferd.

»Ein Erdbeben, ein Erdbeben!« riefen die Leute – aber es war kein normales Erdbeben. Es war der ganze Mond Kahani, der sich mit einem mächtigen Zittern und einem mächtigen Beben um seine eigene Achse drehte, in Richtung …

»Seht doch, der Himmel!« riefen aufgeregte Stimmen.

»Seht doch, was da am Horizont heraufkommt!«

… in Richtung Sonne!

Die Sonne ging auf über Chup City und über der Zitadelle von Chup. Sie stieg sehr schnell und kletterte immer weiter, bis sie senkrecht am Himmel stand und mit der vollen Kraft ihrer Mittagshitze herabstrahlte. Und sie blieb dort stehen. Viele Chupwalas, darunter auch Mudra der Schattenkrieger, zogen rasch ihre doch recht modische, enganliegende Sonnenbrille aus der Tasche und setzten sie auf.

Sonnenaufgang! Die Sonne riß die Leichentücher des Schweigens und der Schatten hinweg, die Khattam-Shud durch Zauberkraft über die Zitadelle gebreitet hatte. In das schwarze Eis der finsteren Festung brannte die Sonne eine tödliche Wunde.

Die Schlösser an den Toren der Zitadelle zerschmolzen, und Prinz Bolo galoppierte, gefolgt von Mudra und mehreren Kapiteln von Buchseiten, mit gezogenem Schwert durch die offenen Tore.

»Batcheat!« rief Bolo im Galopp. Und selbst sein Pferd wieherte erschrocken, als es diesen Namen hörte.

»Bolo!« ertönte aus weiter Ferne die Antwort.

Bolo saß ab und stürmte zusammen mit Mudra Treppen empor, quer durch Innenhöfe und weitere Treppen hoch, während sich um ihn herum die Säulen von Khattam-Shuds Zitadelle, von der Sonnenhitze aufgeweicht, zu biegen und zu beugen begannen. Torbogen hingen durch, Kuppeln schmolzen. Die schattenlosen Diener des Kultmeisters, die Mitglieder des Clubs der Versiegelten Lippen, rannten blindlings hin und her, prallten gegen Mauern, stießen zusammen, warfen einander zu Boden, vergaßen in ihrem Entsetzen sämtliche Gesetze des Schweigens und kreischten fürchterlich.

Dies war der Augenblick von Khattam-Shuds endgültiger Vernichtung. Während Bolo und der Schattenkrieger mit langen Sätzen immer tiefer ins schmelzende Innere der Zitadelle vordrangen, brachten die »Batcheat!«-Schreie des Prinzen Mauern und Türme zum Einsturz. Und endlich, als die beiden bereits an ihrer Rettung verzweifeln wollten, kam Prinzessin Batcheat in Sicht, Batcheat mit ihrer Nase (in einem schwarzen Chupwala-Nasenwärmer), ihren Zähnen … doch darauf müssen wir nicht näher eingehen. Sagen wir einfach, es bestand nicht der geringste Zweifel daran, daß es sich tatsächlich um Batcheat handelte, die ihnen, gefolgt von ihren Mägden, auf dem Geländer einer breiten Treppenflucht entgegengerutscht kam, weil die Stufen bereits zerschmolzen waren. Bolo wartete, und Batcheat flog ihm vom Geländer direkt in die Arme. Er taumelte unter ihrem Gewicht zwar ein paar Schritte zurück, hielt aber dennoch tapfer stand.

Die Luft war inzwischen von einem lauten Ächzen erfüllt. Während Bolo, Batcheat, Mudra und die Mägde durch aufgeweichte Innenhöfe und über morastige Treppen immer weiter abwärts flohen, blickten sie sich gelegentlich um und sahen, wie die gigantische Eissta-

tue hoch oben auf dem höchsten Punkt der Zitadelle, die kolossale Götzenfigur des zungenlosen, grinsenden, vielzahnigen Bezaban, zu beben und zu wanken begann, bis sie schließlich wie betrunken schwankte und fiel.
Es war, als sei ein Berg geborsten. Was immer von den Sälen und Höfen der Zitadelle von Chup noch übrig war, wurde endgültig zerstört, als Bezaban auf die Ruinen hinabpolterte. Der gewaltige Kopf der Statue war am Hals abgebrochen und kam hüpfend und springend bis in den untersten Hof herabgerollt, wo Bolo, Mudra und die Damen an den Toren der Zitadelle stehengeblieben waren, um all dies mit fasziniertem Entsetzen zu beobachten. Währenddessen hatten sich hinter ihnen Raschid Khalifa, General Kitab und eine riesige Menge von Guppees und Chupwalas versammelt.
Immer tiefer hinab kullerte und sprang der große Kopf; jedesmal, wenn er auf dem Boden aufschlug, platzten Teile seiner Ohren und seiner Nase ab, und alle Zähne fielen ihm aus dem Mund. Immer weiter rollte er. Dann: »Achtung!« rief Raschid Khalifa und zeigte auf etwas; und einen Augenblick später: »Aufgepaßt!« Denn er hatte gesehen, wie eine unauffällige, kleine Gestalt im Kapuzenumhang auf den untersten Hof der Zitadelle herausgehuscht kam: ein spindelklapperdürrer, mickriger, knickriger, jämmerlicher, kümmerlicher, mieser, fieser Federfuchsertyp von einem Mann, der keinen Schatten besaß, aber fast genauso sehr ein Schatten zu sein schien wie ein Mann.

Das war der Kultmeister Khattam-Shud, der um sein Leben lief. Er hörte Raschids Ruf zu spät, wirbelte mit einem gräßlichen Schrei herum und entdeckte jetzt erst den riesigen Kopf des Bezaban-Kolosses, der ihn im selben Moment mitten auf die Nase traf. Und zu Brei schlug. Es wurde nie wieder etwas von ihm gesehen. Der zahnlos grinsende Kopf lag auf dem Innenhof und schmolz langsam vor sich hin.

Frieden zog ein.

Die neue Regierung des Landes Chup mit Mudra an der Spitze verkündete ihren Wunsch nach einem langen, immerwährenden Frieden mit Gup, einem Frieden, in dem Tag und Nacht, Sprache und Schweigen nicht länger durch Schattenzonen und Kraftfeldmauern getrennt wären.

Mudra bat Miss Plaudertasch, bei ihm zu bleiben und die Gebärdensprache Abhinaya zu lernen, damit sie zwischen Guppee- und Chup-Behörden vermitteln konnte, und Plaudertasch entsprach seiner Bitte mit Freuden.

Inzwischen wurden Guppee-Wasser-Dschinns auf fliegenden mechanischen Vögeln ausgeschickt, um das Meer abzusuchen, und entdeckten binnen kurzem den lahmgelegten Wiedehopf mit den drei tief erschöpften, aber glücklichen »Spionen« auf dem Rücken, der von Goopy und Bagha nordwärts gezogen wurde.

Harun war wieder mit seinem Vater vereint – und mit Plaudertasch, die sich ihm gegenüber jedoch merkwürdig verlegen und schüchtern verhielt, doch fast genauso erging es ihm selbst mit ihr. Sie trafen sich in der ehemaligen Schattenzone an der Küste von Chup, und alle machten sich zufrieden auf den Weg nach Gup City, denn dort galt es eine Hochzeit zu feiern.

Daheim in Gup City gab der Sprecher der Plapperkiste einige Beförderungen bekannt: Wenn wurde zum Chef-Wasser-Dschinn erhoben; Mali wurde zum Schwimmenden Obergärtner bestimmt; und Goopy und Bagha berief man zu Chefs aller Vielmaulfische im Meer. Und alle vier gemeinsam wurden mit der Leitung der ausgedehnten Säuberungsaktion betraut, die auf dem gesamten Meer der Geschichtenströme gestartet werden sollte. Wie sie erklärten, legten sie besonderen Wert darauf, so schnell wie möglich die Alte Zone zu restaurieren, damit die uralten Erzählungen wieder frisch und neu sprudeln konnten.

Raschid Khalifa erhielt sein Erzählwasserabonnement zurück und wurde für seine außerordentlichen Verdienste während des Krieges mit der höchsten Ehrenmedaille des Landes Gup, dem Orden der Offenen Lippen, ausgezeichnet. Der neu ernannte Chef-Wasser-Dschinn erklärte sich bereit, Raschids Erzählwasserhahn persönlich wieder zu installieren.

Der Wiedehopf Aber fand, sobald die Gup-Werkstatt ihn mit einem Ersatzgehirn ausgestattet hatte, schnell wieder zu seinem Normalzustand zurück.

Und Prinzessin Batcheat? Die Gefangenschaft hatte sie unbeschadet überstanden; nur die Angst vor dem Vernähen ihres Mundes hatte bei ihr einen so großen Haß auf Nadeln geweckt, daß sie ihr Leben lang darunter leiden sollte. Doch als sie am Tag ihrer Hochzeit mit Prinz Bolo auf dem Balkon des Palastes stand, um der unten versammelten Menge der Guppees und der Chupwala-Besucher zuzuwinken, wirkten die beiden so glücklich und so verliebt, daß alle beschlossen, schnell zu vergessen, wie unglaublich idiotisch Batcheat gewesen war, sich überhaupt gefangennehmen zu lassen, und wie töricht sich Prinz Bolo in dem daraus resultierenden Krieg verhalten hatte. »Denn schließlich«, flüsterte der Chef-Wasser-Dschinn Harun zu, während die beiden ein Stück von dem glücklichen Paar entfernt nebeneinander auf dem Balkon standen, »überlassen wir unseren gekrönten Häuptern niemals eine wirklich wichtige Entscheidung.«

»Es gilt einen großartigen Sieg zu feiern«, erklärte der alte König Plappergee vor der versammelten Menge, »einen Sieg für unser Meer über seine Feinde, aber auch einen Sieg für die neue Freundschaft und Offenheit zwischen Chup und Gup, einen Sieg über unsere alte Feindseligkeit und unser Mißtrauen. Es ist der Beginn eines Dialogs; und um diese Tatsache sowie diese schöne Hochzeit zu feiern, wollen wir jetzt alle singen!«

»Nein, besser noch«, widersprach Bolo begeistert, »Batcheat soll eine Serenade singen und uns mit ihrer goldenen Stimme erfreuen!«

Darauf folgte ein kurzes Schweigen. Dann jedoch ertönte einstimmig der laute Schrei der versammelten Menge: »O nein, bitte das nicht! Verschone uns damit, wir flehen dich an!«

Batcheat und Bolo waren so offensichtlich gekränkt, daß der alte König Plappergee den Tag nur retten konnte, indem er ihnen tröstend erklärte: »Damit wollen die Leute sagen, daß sie euch an eurem Hochzeitstag ihre Liebe beweisen möchten, indem *sie* diesmal etwas für *euch* singen.« Was zwar nicht unbedingt richtig war, aber das Brautpaar doch ein wenig aufmunterte. Der ganze Platz brach in lauten Gesang aus, Batcheat hielt endlich den Mund, und alle waren glücklich und zufrieden.

Als Harun hinter dem königlichen Brautpaar den Balkon verließ, sprach ihn auf einmal ein Eierkopf an. »Du sollst dich umgehend im Vzsze-Haus melden«, teilte ihm der Eierkopf in kaltem Ton mit. »Das Walroß will mit der Person sprechen, die mutwillig so viele unersetzliche Maschinen zerstört hat.«

»Aber das geschah für einen guten Zweck«, protestierte Harun unglücklich.

Der Eierkopf zuckte gleichmütig die Achseln. »Davon weiß ich nichts«, behauptete er im Davongehen. »Das mußt du mit dem Walroß ausmachen.«

ZWÖLFTES KAPITEL

WAR ES DAS WALROSS?

Was ich jetzt brauche, das sind Zeugen, entschied Harun. Sobald Wenn und Mali dem Walroß erklären, warum ich diesen Wunsch äußern mußte, wird er das mit den kaputten Maschinen verstehen. Da im Königspalast inzwischen eine ausgelassene Party begonnen hatte, brauchte Harun ein paar Minuten, bis er den Chef-Wasser-Dschinn in der luftballonpieksenden, reiswerfenden, luftschlangenschleudernden Menge entdeckte. Wenn, dessen Turban vor lauter Ausgelassenheit ziemlich verrutscht war, legte gerade mit einem jungen weiblichen Dschinn einen flotten Tanz aufs Parkett. Harun mußte laut schreien, um sich trotz der Musik und des allgemeinen Getöses verständlich machen zu können, doch dann fiel die Reaktion des Chef-Wasser-Dschinns zu seinem Schrecken auch noch ganz anderes aus als erhofft: Er schürzte bloß die Lippen und schüttelte bedauernd den Kopf.

»Tut mir leid«, sagte er. »Mit dem Walroß diskutieren? Nicht der Mühe wert, zähl nicht auf mich, ist nicht mein Fall.«

»Wenn, du *mußt* mir helfen!« bettelte Harun. »Irgend jemand muß es ihm doch erklären!«

»Erklärungen sind nicht meine Stärke«, gab der Dschinn laut schreiend zurück. »Nicht mein Bier, nicht mein Ressort, ganz und gar keine Aufgabe für mich.«

Harun rollte verzweifelt die Augen und machte sich

auf die Suche nach Mali. Er fand den Schwimmenden Obergärtner auf der zweiten Hochzeitsfeier, die auf (und unter) der Lagune für jene Guppees (Vielmaulfische und Schwimmende Gärtner) stattfand, die eine nasse Umgebung vorzogen. Mali war nicht schwer zu entdecken: Er stand, den Wurzelhut keck zurückgeschoben, auf dem Rücken von Aber dem Wiedehopf und sang aus vollem Hals für ein begeistertes Publikum aus Fischen und Gärtnern:

»Man schmilzt schwarze Schiffe,
Schmilzt Schattengezücht,
Man schmilzt sogar Eisschlösser,
Nur mich schmilzt man nicht!«

»He, Mali!« rief Harun. »Bitte, hilf mir!«
Der Schwimmende Obergärtner unterbrach seinen Gesang, nahm den Wurzelhut ab, kratzte sich am Kopf und antwortete durch seine Blumenlippen: »Walroß. Du wirst vor den Meister zitiert. Alles schon gehört. Ganz schönes Problem. Tut mir leid. Kann dir nicht helfen.«
»Was ist denn bloß los mit euch allen?« rief Harun verzweifelt. »Was ist an diesem Walroß eigentlich so beängstigend? Als ich ihn kennenlernte, erschien er mir ganz okay, auch wenn sein Schnauzbart nun wirklich nicht wie ein Walroßschnauzbart aussieht.«
Mali schüttelte betrübt den Kopf. »Walroß. Mächtiger Bursche. Möchte ihn nicht zum Gegner haben. Du weißt, was ich meine.«

»Oh, aber ehrlich!« rief Harun verärgert. »Na gut, dann muß ich die Suppe eben allein auslöffeln. Schöne Freunde!«

»Mich brauchst du gar nicht erst zu fragen, aber das hast du ja auch nicht getan«, rief Aber der Wiedehopf ihm nach, ohne den Schnabel zu bewegen. »Ich bin ja bloß eine Maschine.«

Als Harun das Vzsze-Haus durch das riesige Portal betrat, wurde ihm das Herz zentnerschwer. Er blieb in der weiten, hohl dröhnenden Empfangshalle stehen; rings um ihn eilten Eierköpfe in weißen Kitteln in jede erdenkliche Richtung.

Harun hatte das Gefühl, daß sie ihn alle mit einer Mischung aus Zorn, Verachtung und Mitleid musterten. Drei Eierköpfe mußte er nach dem Weg zum Büro des Walrosses fragen, bevor er es endlich fand – nach endlosem Wandern durch die Gänge des Vzsze-Hauses, die ihn an den Tag erinnerten, an dem er Plaudertasch durch den Palast gefolgt war. Schließlich stand er dann aber doch vor einer hohen goldenen Tür mit der Aufschrift: GROSSKONTROLLEUR ALLER VORGÄNGE-ZU-SCHWIERIG-ZU-ERKLÄREN. I.M.D. WALROSS, ESQUIRE. ANKLOPFEN UND WARTEN.

Endlich kann ich mit dem Walroß sprechen – weswegen ich ja eigentlich nach Kahani gekommen bin, überlegte Harun, ziemlich nervös. Aber so hatte ich's mir nicht vorgestellt. Er holte tief Luft und klopfte an.

»Herein!« rief drinnen die Stimme des Walrosses. Harun atmete abermals tief durch und öffnete die Tür.

Das erste, was er sah, war das Walroß auf einem

schimmernden weißen Sessel hinter einem schimmernden gelben Schreibtisch. Sein riesiger, kahler, eiförmiger Schädel schimmerte nicht weniger hell als die Möbel, und der Schnauzbart auf seiner Oberlippe zuckte so heftig, daß man es nur als zornbebend interpretieren konnte.
Gleich darauf entdeckte Harun, daß das Walroß nicht allein war.
Im großen Büro des Walrosses saßen nämlich – breit grinsend – König Plappergee, Prinz Bolo, Prinzessin Batcheat, der Sprecher der Plapperkiste, Präsident Mudra von Chup, seine Assistentin Miss Plaudertasch, General Kitab, Wenn, Mali und Raschid Khalifa. An der Wand hing ein Videomonitor, auf dem Harun Goopy und Bagha sah, die ihn unter Wasser von der Lagune aus mit all ihren vielen Mundöffnungen angrinsten. Und von einem zweiten Monitor spähte der Wiedehopf Aber auf ihn herab.
Harun war sprachlos. »Sitze ich jetzt eigentlich in der Patsche oder nicht?« stieß er mühsam hervor. Woraufhin alle Anwesenden in schallendes Gelächter ausbrachen. »Bitte, verzeih uns«, sagte das Walroß, der sich die Lachtränen aus den Augen wischte und noch immer ein wenig kicherte. »Wir haben dich auf den Arm genommen. Ein kleiner Spaß nur. Ein kleiner Spaß«, wiederholte er und prustete wieder laut heraus.
»Ja, aber was soll das Ganze denn überhaupt?« erkundigte sich Harun. Das Walroß riß sich sichtlich zusammen und setzte eine möglichst ernste Miene auf. Was ihm durchaus gelungen wäre; hätte er nicht

plötzlich Wenns Blick aufgefangen, der ihn wieder loslachen ließ; woraufhin Wenn ebenfalls wieder loslachte; woraufhin wiederum alle anderen loslachten. Und so dauerte es mehrere Minuten, bis endlich Ruhe einkehrte.

»Harun Khalifa«, verkündete das Walroß und erhob sich feierlich, obwohl er immer noch ein wenig atemlos war und sich die schmerzenden Seiten halten mußte, »zum Dank für all die unbezahlbaren Dienste, die du den Völkern von Kahani und dem Meer der Geschichtenströme geleistet hast, gewähren wir dir das Recht, uns um jede Gefälligkeit zu bitten, die du dir wünschst, und versprechen dir, deinen Wunsch zu erfüllen, selbst wenn wir dafür einen nagelneuen Vorgang-zu-schwierig-zu-erklären erfinden müßten.«

Harun blieb stumm.

»Nun, Harun?« erkundigte sich Raschid. »Irgendwelche Ideen?«

Harun aber blieb weiterhin stumm und zog sogar ein unglückliches Gesicht. Nur Plaudertasch verstand seine Gefühle; sie kam zu ihm herüber, ergriff seine Hand und fragte ihn: »Was ist? Was hast du?«

»Es hat doch keinen Sinn, um etwas zu bitten«, antwortete ihr Harun leise. »Denn das, was ich mir wirklich von Herzen wünsche, kann mir niemand von euch hier verschaffen.«

»Unsinn«, prustete das Walroß los. »Ich weiß genau, was du dir wünschst. Du hast ein großartiges Abenteuer erlebt, und am Ende eines großartigen Abenteuers wünschen sich alle immer dasselbe.«

»Ach ja? Und was ist das?« erkundigte sich Harun angriffslustig.
»Ein Happy-End«, erklärte das Walroß, und Harun wurde ganz still.
»Was ist? Meinst du nicht auch?« drängte sein Gegenüber.
»Na ja, kann schon sein«, mußte Harun voll Unbehagen zugeben. »Aber das Happy-End, das ich meine, ist in keinem Meer zu finden, nicht mal in einem Meer mit Vielmaulfischen drin.«
Bedächtig und weise nickte das Walroß siebenmal. Dann legte er die Fingerspitzen zusammen, ließ sich an seinem Schreibtisch nieder und bedeutete Harun und den anderen, sich ebenfalls zu setzen. Harun nahm in einem schimmernden weißen Sessel vor dem Schreibtisch des Walrosses Platz; die anderen setzten sich auf ähnliche Sessel, die rings an den Wänden aufgereiht waren.
»Ahem«, räusperte sich das Walroß einleitend. »Happy-Ends kommen in Geschichten, genau wie im Leben, viel seltener vor, als die Menschen sich das vorstellen. Man könnte fast sagen, sie sind die Ausnahme und nicht die Regel.«
»Dann hab ich also doch recht gehabt«, gab Harun zurück, »und das war's.«
»Aber eben weil Happy-Ends immer so selten sind«, fuhr das Walroß gelassen fort, »haben wir im Vzsze-Haus gelernt, sie künstlich herzustellen. Mit einfachen Worten: Wir können sie erfinden.«
»Das ist unmöglich!« protestierte Harun. »Das ist

nichts, was man in Flaschen abfüllen kann!« Dann jedoch setzte er, unsicher geworden, hinzu: »Oder?«

»Wenn Khattam-Shud Antigeschichten herstellen konnte«, erklärte das Walroß mit einer Andeutung von gekränkter Eitelkeit, »sollte man meinen, du siehst ein, daß wir auch so etwas herstellen können. Und was das ›unmöglich‹ anbetrifft«, fuhr er fort, »so würden die meisten Leute sagen, daß alles, was du in letzter Zeit erlebt hast, absolut unmöglich ist. Warum also ein solches Theater um diese spezielle unmögliche Sache veranstalten?«

Wiederum trat Schweigen ein.

»Na schön, von mir aus«, antwortete Harun trotzig. »Sie haben gesagt, es darf ein großer Wunsch sein, und ich habe tatsächlich einen großen Wunsch. Ich komme aus der Traurigen Stadt, einer Stadt, die so traurig ist, daß sie ihren Namen vergessen hat. Ich wünsche mir, daß Sie ein Happy-End erfinden – nicht nur für mein eigenes Abenteuer, sondern für die gesamte Traurige Stadt.«

»Happy-Ends müssen immer das Ende von etwas sein«, erklärte das Walroß. »Wenn sie mitten in einer Geschichte oder einem Abenteuer auftauchen, machen sie alle nur für eine Weile fröhlicher.«

»Mehr will ich nicht«, erklärte Harun.

Dann wurde es Zeit, nach Hause zu gehen.

Sie sagten sich schnell Lebewohl, denn Harun haßte lange Abschiedsszenen. Sich von Plaudertasch zu verabschieden erwies sich als besonders schwer, und wenn

sie sich nicht plötzlich vorgebeugt und ihm einen Kuß aufgedrückt hätte, wäre Harun vermutlich niemals dazu gekommen, sie ebenfalls zu küssen; doch als es geschehen war, merkte er, daß es ihn überhaupt nicht in Verlegenheit brachte, sondern ganz einfach wunderbar war. Was ihm den Abschied noch schwerer machte.
Am Ende des Lustgartens winkten Harun und Raschid ihren Freunden zum Abschied zu und stiegen zusammen mit dem Chef-Wasser-Dschinn auf den Rücken des Wiedehopfs. Erst jetzt fiel Harun ein, daß Raschid wohl seinen Geschichtenerzähltermin in K versäumt hatte und sie bei ihrer Rückkehr zum Bleiernen See ganz zweifellos von einem sehr zornigen hochnäsigen Abergutt erwartet wurden. »Aber, aber, aber denk dir nichts dabei«, sagte Aber der Wiedehopf, ohne den Schnabel zu bewegen. »Wenn du mit Aber dem Wiedehopf reist, ist die Zeit auf deiner Seite. Spät starten, früh ankommen! Los geht's! Ka-ka-ka-ruummmm!«
Die Nacht hatte sich über den Bleiernen See gesenkt. Harun sah das Hausboot *Tausendundeine plus eine Nacht* friedlich im Mondlicht vor Anker liegen. Sie landeten vor einem offenen Schlafzimmerfenster, und als Harun hineinkletterte, wurde er auf einmal so sehr von Müdigkeit überwältigt, daß er sich einfach lang auf das Pfauenbett fallen ließ und im selben Moment fest einschlief.

Als er wach wurde, war draußen ein strahlend sonniger Morgen. Alles schien so zu sein wie immer. Keine Spur von mechanischen Wiedehopfen und Wasser-Dschinns.

Harun stand auf, rieb sich die Augen und fand Raschid Khalifa auf dem kleinen Balkon des Hausboots, wo er, noch immer in seinem langen blauen Nachthemd, gemächlich eine Tasse Tee leerte. Über den See kam ein Boot in Gestalt eines Schwans auf sie zu.

»Ich hatte einen so merkwürdigen Traum …« begann Raschid Khalifa, wurde aber von der Stimme des naseweisen Abergutt unterbrochen, der ihnen hektisch vom Schwanenboot aus zuwinkte. »Hoo! Halloo!« rief er voll Begeisterung.

O Mann, dachte Harun, jetzt gibt es gleich ein furchtbares Gezeter, und wir werden unsere Rechnung selbst bezahlen müssen.

»Hoo, schlafmütziger Mr. Raschid!« rief Abergutt. »Wie ist es möglich, daß Sie und Ihr Sohn noch im Nachthemd sind, während ich Sie bereits zu Ihrem großen Auftritt abholen will? Die Leute warten, unpünktlicher Mr. Raschid! Ich hoffe, Sie werden mich nicht enttäuschen!«

Wie es schien, hatte sich das gesamte Kahani-Abenteuer in weniger als einer einzigen Nacht abgespielt! Aber das ist doch einfach unmöglich, dachte Harun; und mußte sofort daran denken, wie ihn das Walroß gefragt hatte: »Warum ein solches Theater um diese spezielle unmögliche Sache veranstalten?« Er wandte sich aufgeregt an seinen Vater und fragte: »Diesen Traum – kannst du dich an ihn erinnern?«

»Nicht jetzt, Harun«, beschwichtigte ihn Raschid Khalifa und rief dem näher kommenden Mr. Abergutt zu: »Warum so eilig, Sir? Kommen Sie an Bord, trinken Sie eine Tasse Tee. Wir werden uns jetzt ankleiden und sofort startbereit sein.« Und zu Harun sagte er: »Beeil dich, mein Sohn. Der Schah von Bla kommt niemals zu spät. Das Genie der Phantasie ist berühmt für seine Pünktlichkeit.«

»Das Meer«, drängte Harun, während Abergutt mit seinem Schwanenboot näher kam. »Bitte, Dad, denk nach! Es ist sehr wichtig.« Aber Raschid hörte nicht zu.

Unglücklich ging Harun in sein Schlafzimmer, um sich anzuziehen; und plötzlich entdeckte er das kleine goldene Kuvert, das neben seinem Kopfkissen lag, ein Kuvert, wie es manche vornehmen Hotels ihren Gästen, mit Schokoladen-Pfefferminz-Plätzchen gefüllt, als Betthupferl auf den Nachttisch legen. Es enthielt eine von Plaudertasch geschriebene und von allen Freunden auf dem Mond Kahani unterzeichnete Nachricht. (Goopy und Bagha, die nicht schreiben konnten, hatten ihre fischigen Lippen auf das Papier gedrückt und schickten ihm Küsse statt Unterschriften.)

»Du kannst zu uns kommen, wann immer du willst«, lautete die Nachricht, »und auch bleiben, solange du möchtest. Vergiß nicht: Flieg mit Aber dem Wiedehopf, und die Zeit ist auf deiner Seite.«

Aber das goldene Kuvert enthielt noch etwas anderes: einen winzigen Vogel, perfekt ausgeführt in allen Details, der ihn mit schiefgelegtem Kopf aufmerksam musterte. Und das war natürlich Aber der Wiedehopf.

»Daß du dich gewaschen und angezogen hast, hat dir

offenbar sehr gutgetan«, stellte Raschid fest, als Harun aus seinem Zimmer kam. »Seit Monaten habe ich dich nicht mehr mit einem so zufriedenen Gesicht gesehen.«

Ihr erinnert euch sicher noch daran, daß Mr. Abergutt und seine verhaßte Kommunalverwaltung von Raschid Khalifa erwarteten, ihnen die Gunst der Wähler zu sichern, indem er »fröhliche Geschichten mit Happy-End« erzählte – und nur ja keine »Trauerkloßmärche«. Inzwischen hatten sie einen großen Park mit allen möglichen farbenfrohen Dekorationen – Wimpeln, Luftschlangen, Fahnen – geschmückt und im ganzen Park Lautsprecher an langen Stangen verteilt, damit alle Anwesenden den Schah von Bla auch wirklich gut verstehen konnten. Ein kunterbunt geschmücktes Podium war über und über mit Plakaten beklebt, auf denen mit großen Buchstaben geschrieben stand: WÄHLT ABERGUTT! Oder auch: WER IST DER MANN, DEN MAN HEUTE WÄHLT? ABERGUTT, DER HAT EUCH GEFEHLT! Und tatsächlich hatte sich eine riesige Menge Menschen versammelt, um Raschids Erzählungen zu lauschen. Aus ihren finsteren Mienen schloß Harun jedoch, daß sie von Mr. Abergutt nicht sehr viel hielten.

»Sie sind dran!« fuhr Mr. Abergutt Raschid an. »Geben Sie sich große Mühe, hochverehrter Mr. Raschid, denn wenn Sie nicht gut sind – wehe Ihnen!«

Von einer Seite des Podiums aus beobachtete Harun, wie Raschid lächelnd und unter freundlichem Applaus ans Mikrofon trat. Dann jedoch versetzte er Harun ei-

nen echten Schock, denn seine ersten Worte lauteten: »Meine Damen und Herren, der Name der Erzählung, die ich Ihnen heute vortragen werde, ist *Harun und das Meer der Geschichten.*«
Er hat es also doch nicht vergessen, dachte Harun und lächelte erleichtert.
Raschid Khalifa, das Genie der Phantasie, der Schah von Bla, blickte zu seinem Sohn hinüber und zwinkerte ihm verstohlen zu. Hattest du gedacht, ich würde eine solche Geschichte vergessen? sollte dieses Blinzeln bedeuten. Dann begann er zu erzählen:
»Es war einmal im Lande Alifbay die Traurige Stadt, die traurigste von allen Städten, so todtraurig, daß sie sogar ihren Namen vergessen hatte.«

Wie ihr gewiß erraten habt, erzählte Raschid seinen Zuhörern im Park genau dieselbe Geschichte, wie ich sie euch soeben erzählt habe. Nach den Geschehnissen, bei denen er nicht persönlich anwesend war, muß der Vater wohl Wenn und die anderen gefragt haben, vermutete Harun, denn sein Bericht war äußerst genau. Und es war nicht zu übersehen, daß bei ihm alles wieder in Ordnung und seine Gabe der Beredsamkeit zurückgekehrt war, denn er hatte das Publikum fest im Griff. Als er Malis Lied sang, stimmten sie alle ein: »Man hackt auch Computer, nur mich hackt man nicht«, und als er Batcheats Lied zum besten gab, flehten sie allesamt um Gnade.
Jedesmal, wenn Raschid von Khattam-Shud und seinen Häschern aus dem Club der Versiegelten Lippen

erzählte, warfen die Leute finstere Blicke zu dem hochnäsigen Mr. Abergutt und seinen Leibwächtern hinüber, die hinter Raschid auf dem Podium saßen und deren Mienen immer unzufriedener wurden, je weiter die Geschichte fortschritt. Und als Raschid dem Publikum schilderte, wie sehr die Chupwalas den Kultmeister die ganze Zeit gehaßt, daß sie aber niemals den Mut gehabt hatten, das offen auszusprechen, lief ein deutlich hörbares Gemurmel des Mitgefühls für die Chupwalas durch die Reihen der Zuhörer. Jawohl, grollten die Leute, wir kennen dieses Gefühl ebenfalls. Und nach dem Sturz der beiden Khattam-Shuds in Raschids Geschichte stimmte auf einmal jemand den Spruch an: »Weg mit Mr. Abergutt, verschwinden soll er, *khattam-shud*!« Woraufhin die Zuhörer allesamt in den Spruch einstimmten. Als der hochnäsige Abergutt das hörte, wußte er, daß er ausgespielt hatte, und schlich sich gesenkten Hauptes mit seinen Leibwächtern vom Podium. Die Menge ließ ihn beinahe ungestört abziehen, bombardierte ihn lediglich begeistert mit faulem Gemüse. Fortan hat man von Mr. Abergutt im K-Tal nie wieder etwas gesehen oder gehört, und die Talbewohner konnten endlich in freien Wahlen jene Männer bestimmen, die sie auch wirklich haben wollten.

»Bezahlt haben sie uns natürlich nicht«, teilte Raschid Harun fröhlich mit, während sie auf den Postbus warteten, der sie zum Tal bringen sollte. »Aber das macht nichts; Geld ist nicht alles.«

»Aber, aber, aber«, ertönte eine vertraute Stimme vom

Fahrersitz des Postbusses, »kein Geld ist überhaupt gar nichts.«

Als sie in die Traurige Stadt zurückkehrten, regnete es noch immer in Strömen. Viele Straßen waren überschwemmt. »Na und?« sagte Raschid Khalifa fröhlich zu seinem Sohn. »Komm mit, wir gehen zu Fuß nach Hause. Ich bin seit Jahren nicht mehr so richtig schön patschnaß geworden.«

Da Harun befürchtet hatte, es werde Raschid traurig machen, in die Wohnung voller zerbrochener Uhren, aber ohne Soraya zurückzukehren, warf er ihm einen argwöhnischen Blick zu. Doch Raschid sprang in die triefende Nässe hinaus, und je nasser er wurde, während sie durch knöcheltiefes, schlammiges Wasser wateten, desto jugendlich-ausgelassener wurde er auch. Bald ließ Harun sich von der guten Laune seines Vaters anstecken, und so platschten und jagten die beiden umher wie kleine Kinder.

Nach einer Weile merkte Harun, daß die Straßen der Stadt überall von Menschen wimmelten, die genauso verrückt herumtanzten, liefen und sprangen, platschten und fielen und sich vor allem dabei halbtot lachten.

»Sieht fast aus, als hätte die alte Stadt endlich gelernt, sich zu amüsieren«, sagte Raschid grinsend.

»Aber wieso?« erkundigte sich Harun. »Es hat sich doch eigentlich gar nichts geändert! Sieh doch, die Traurigkeitsfabriken funktionieren immer noch; man sieht deutlich ihren Rauch. Und fast alle Leute sind noch arm ...«

»He du, Langgesicht!« rief ein älterer Herr, der mindestens siebzig Jahre alt sein mußte und dennoch, einen aufgerollten Regenschirm in der Hand wie einen Degen, munter durch die überfluteten, regennassen Straßen tänzelte. »Hör endlich auf, bei uns diese Klagelieder zu singen!«

Höflich trat Raschid Khalifa auf den Gentleman zu. »Wir waren einige Zeit nicht hier, Sir«, erklärte er. »Ist etwas passiert, während wir weg waren? Ein Wunder zum Beispiel?«

»Es ist nur der Regen«, entgegnete der alte Kauz. »Er macht uns einfach alle glücklich. Genau wie mich. Juchhuu! Juchhee!« Und tanzte weiter die Straße entlang.

Daran ist das Walroß schuld, erkannte Harun unvermittelt. Das Walroß erfüllt mir meinen Wunsch. Irgendwie müssen künstliche Happy-Ends unter diesen Regen gemischt worden sein.

»Wenn dies vom Walroß kommt«, sagte Raschid mit einem kleinen Hopser durch eine Pfütze, »schuldet die Stadt dir ein dickes Dankeschön.«

»Hör endlich auf, Dad«, bat Harun, den auf einmal seine ganze Fröhlichkeit verließ. »Verstehst du denn nicht? Es ist nicht real. Es ist nur irgendwas, das die Eierköpfe aus ihren Flaschen gießen. Unecht. Die Leute sollten glücklich sein, weil sie etwas haben, worüber sie wirklich glücklich sein können, und nicht nur, weil irgend jemand auf Flaschen gezogene Fröhlichkeit über ihnen ausschüttet.«

»Ich werde euch sagen, warum wir so glücklich sind«,

sagte ein Polizist, der in einem umgedrehten Regenschirm an ihnen vorübertrieb. »Wir erinnern uns wieder an den Namen unserer Stadt.«

»He, dann aber raus mit der Sprache! Und bitte schnell!« verlangte Raschid, der auf einmal sehr erregt war.

»Kahani«, antwortete der Polizist strahlend, während er die überflutete Straße hinunterschwamm. »Ist das nicht wirklich ein schöner Name für eine Stadt? Bedeutet ›Geschichte‹, wußtet ihr das?«

Sie bogen in ihre Gasse ein und sahen ihr Haus, das wie eine matschig gewordene bunte Torte im Regen stand. Raschid hüpfte und sprang noch immer fröhlich herum, doch Haruns Füße wurden mit jedem Schritt schwerer. Er fand die Ausgelassenheit des Vaters schlechthin unerträglich und gab an allem dem Walroß die Schuld, wirklich an allem – an allem, was auf der ganzen weiten, mutterlosen Welt schlecht und falsch und unecht war.

Miss Oneeta kam auf ihren Balkon im ersten Stock heraus. »Oh, wie wundervoll, Sie sind wieder da! Kommen Sie, kommen Sie herein! Wir werden feiern, mit wunderschönen Leckereien!« Vor Freude wabbelte und schwabbelte sie und klatschte fröhlich in die Hände.

»Was gibt's denn hier zu feiern?« erkundigte sich Harun, als Miss Oneeta die Treppe heruntergekeucht kam und ihm und seinem Vater bis auf die nasse Straße entgegenlief.

»Was mich persönlich angeht«, erwiderte Miss Oneeta, »so habe ich Mr. Sengupta den Laufpaß gegeben. *Und* ich habe einen Job in der Schokoladenfabrik und darf gratis so viel Schokolade essen, wie ich will. *Und* ich habe mehrere Verehrer ... Aber Moment mal, wie taktlos von mir, euch beiden so was zu erzählen!«

»Das freut mich für Sie«, antwortete Harun. »In unserem Leben ist jedoch nicht alles eitel Freude.«

Miss Oneeta machte ein geheimnisvolles Gesicht. »Vielleicht seid ihr zu lange weg gewesen«, meinte sie. »Die Dinge ändern sich.«

Nun krauste Raschid verwundert die Stirn. »Wovon reden Sie, Oneeta? Wenn Sie uns etwas zu sagen haben ...«

Auf einmal ging die Wohnungstür der Khalifas auf, und auf der Schwelle stand Soraya Khalifa in Lebensgröße, aber noch viel schöner als jemals zuvor. Harun und Raschid vermochten sich nicht zu rühren. Wie angewurzelt standen sie da, reglos wie Statuen im strömenden Regen, und starrten sie offenen Mundes mit weit aufgerissenen Augen an.

»Ist das auch das Werk des Walrosses?« fragte Raschid Harun leise. Da der aber nur den Kopf schüttelte, beantwortete Raschid die Frage selbst: »Wer weiß? Vielleicht ja und vielleicht nein, wie unser Freund, der Postbusfahrer, zu sagen pflegte.«

Soraya kam zu ihnen in den Regen heraus. »Welches Walroß?« wollte sie wissen. »Ich kenne kein Walroß, aber ich weiß, daß ich einen Fehler gemacht habe. Ich bin weggegangen; das leugne ich nicht. Ich bin weggegangen, aber wenn ihr wollt, bin ich jetzt wieder zurückgekommen.«

Harun sah seinen Vater an. Raschid brachte kein Wort heraus.

»Dieser Sengupta, also ehrlich!« fuhr Soraya fort. »Was für ein spindelklapperdürrer, mickriger, knickriger, mieser, fieser, jämmerlicher, kümmerlicher Federfuchsertyp! Was mich betrifft – ich bin fertig mit ihm, endgültig und für immer, Schluß, Ende, Punktum.«

»*Khattam-shud*« ergänzte Harun leise.

»Ganz genau«, bestätigte seine Mutter. »Das verspreche ich euch. Mr. Sengupta ist *khattam-shud.*«

»Herzlich willkommen daheim«, sagte Raschid, und dann fielen sich die drei Khalifas (plus Miss Oneeta) in die Arme.

»Kommt herein«, forderte Soraya sie schließlich auf. »Es kommt ein Moment, wo der Mensch auch den schönsten Regen nicht mehr genießen kann.«

Als Harun an jenem Abend zu Bett ging, nahm er den winzigen Wiedehopf aus dem kleinen goldenen Kuvert und legte ihn auf seine linke Handfläche. »Bitte, du mußt mich verstehen«, sagte er zu dem Wiedehopf. »Es ist wirklich wunderbar zu wissen, daß du dasein wirst, wenn ich dich brauche. Aber so wie die Dinge hier jetzt liegen, möchte ich im Augenblick nirgendwo mehr hin.«

»Aber, aber, aber«, sagte der Miniaturwiedehopf mit Miniaturstimme (und ohne den Schnabel zu bewegen), »überhaupt kein Problem.«

Harun steckte Aber den Wiedehopf ins Kuvert zurück, legte das Kuvert unter sein Kopfkissen, stopfte sich das Kissen unter den Kopf und schlief ein.
Als er aufwachte, lagen neue Kleider am Fußende seines Bettes, und auf dem Nachttisch stand ein neuer Wecker, der einwandfrei funktionierte und genau die richtige Zeit anzeigte. Geschenke? fragte er sich verwundert. Wozu das alles?
Dann fiel es ihm ein: Er hatte Geburtstag! In der Wohnung hörte er Mutter und Vater hantieren, während sie darauf warteten, daß er aus seinem Schlafzimmer kam. Er stand auf, zog die neuen Kleider an und besah sich den neuen Wecker genauer.
Jawohl, dachte er und nickte vor sich hin, die Zeit ist eindeutig wieder in Gang gekommen bei uns.
Draußen im Wohnzimmer hatte seine Mutter zu singen begonnen.

ÜBER DIE NAMEN IN DIESEM BUCH

Viele der Namen von Personen und Orten dieser Geschichte sind von Hindustani-Wörtern abgeleitet.

Abhinaya ist tatsächlich eine Gebärdensprache, die bei den klassischen indischen Tänzen benutzt wird.

Alifbay ist ein Phantasieland. Der Name kommt von dem Hindustani-Wort für »Alphabet«.

Batcheat kommt von *baat-cheet*, das heißt »Geplapper«.

Bat-Mat-Karo heißt »sprich nicht«.

Bezaban heißt »ohne Zunge«.

Bolo kommt von dem Verb *bolna*, »sprechen«. *Bolo!* ist der Imperativ: – »Sprich!«

Chup heißt »ruhig«; **Chupwala** heißt in etwa »ruhiger Bursche«.

Der Bleierne See (englisch: Dull Lake), den es nicht gibt, hat seinen Namen vom Dal Lake in Kaschmir, den es gibt.

Goopy und **Bagha** sind Namen ohne Bedeutung. Allerdings heißen so zwei leicht verblödete Helden in einem Film von Satyajit Ray. Die Filmgestalten sind keine Fische, aber doch irgendwie fischig.

Gup (das »u« wird wie »a« ausgesprochen) heißt »Klatsch«. Es kann aber auch »Unsinn« oder »Flunkerei« bedeuten.

Harun und **Raschid** heißen beide nach dem sagenhaften Kalifen Harun al-Raschid von Bagdad, der in zahlreichen Märchen aus Tausendundeine Nacht vorkommt. Ihr Nachname Khalifa bedeutet auch tatsächlich »Kalif«.

Kahani heißt »Geschichte«.

Khamosh heißt »still«.

Khattam-shud heißt »endgültig fertig«, »aus und vorbei«.

Kitab heißt »Buch«.

Mali heißt, nicht gerade überraschenderweise, »Gärtner«.

Mudra, der die Gebärdensprache Abhinaya spricht (siehe oben), ist in etwa auch danach benannt. *Mudra* ist eine der Gebärden, aus denen die Gebärdensprache besteht.

Inhalt

ERSTES KAPITEL
Der Schah von Bla 7

ZWEITES KAPITEL
Der Postbus 25

DRITTES KAPITEL
Der Bleierne See 45

VIERTES KAPITEL
Ein Wenn und ein Aber 65

FÜNFTES KAPITEL
Von Guppees und Chupwalas 85

SECHSTES KAPITEL
Die Geschichte des Spions 105

SIEBTES KAPITEL
In der Schattenzone 125

ACHTES KAPITEL
Die Schattenkrieger 145

NEUNTES KAPITEL
Das schwarze Schiff 165

ZEHNTES KAPITEL
Haruns Wunsch 183

ELFTES KAPITEL
Prinzessin Batcheat 207

ZWÖLFTES KAPITEL
War es das Walroß? 229

Über die Namen in diesem Buch 251